3/15/18

19

Dickens, Charles

823.7   Canción de navidad / Charles Dickens ;
Ilustraciones Carlos Ardila M. -- 4a ed. -- Santafé
de Bogotá : Panamericana, c1997.
        152 p. : il. -- (Literatura juvenil)

        ISBN 958-30-0077-9

        1. NOVELA 2. LITERATURA JUVENIL
INGLESA

        I. tit. II. Dickens, Charles III. Ardila M., Carlos, il.

CANCIÓN
DE NAVIDAD

Charles Dickens

PANAMERICANA
EDITORIAL

Editor
Panamericana Editorial Ltda.

Dirección editorial
Andrés Olivos Lombana

Edición
Gabriel Silva Rincón

Diagramación
Giovanny Méndez Beltrán

Ilustraciones
Carlos Ardila Mateus

Diseño de carátula
Diego Martínez Celis

Primera edición en Panamericana Editorial Ltda., septiembre de 1994
Sexta reimpresión, enero de 2002

© 1993 Panamericana Editorial Ltda.
Calle 12 No. 34-20, Tels.: 3603077 - 2770100
Fax: (57 1) 2373805
Correo electrónico: panaedit@panamericanaeditorial.com
www.panamericanaeditorial.com.co
Bogotá, D. C., Colombia

ISBN volumen: 958-30-0077-9
ISBN colección: 958-30-0780-3

Impreso por Panamericana Formas e Impresos S. A.
Calle 65 No. 95-28, Tels.: 4302110 - 4300355, Fax: (57 1) 2763008
Quien sólo actúa como impresor.

Impreso en Colombia   Printed in Colombia

CONTENIDO

PRÓLOGO

GRAN parte de la novelística de Dickens, así como los principios básicos de muchas de sus teorías sociales, tienen su origen en las circunstancias y penurias que vivió el autor durante sus primeros años.

Charles Dickens (1812-1870) nació en Portsea, Landport, Inglaterra, en el seno de una familia que atravesaba, por la época, inmensas dificultades económicas. Mientras John Dickens, su padre, cumplía una condena por insolvencia económica, la familia vivió con él en la prisión de Marchalsea. El novelista, entre tanto, fue enviado a trabajar en una fábrica de betún en Londres.

Un poco más tarde, a la edad de quince años, Dickens se empleó como escribiente de un procurador y trabajó después como reportero taquígrafo, primero de los tribunales y, luego, del parlamento. Estas experiencias, enriquecidas por algunos viajes, y sus vagabundeos por las calles de Londres y sus lecturas en el Museo Británico constituyeron su educación fundamental.

Canción de Navidad es el más famoso de sus relatos navideños y apareció por primera vez en 1843. Para el gran poeta inglés Swinburne, esta obra, así como sus demás relatos navideños, no pueden ser considerados obras menores, «son obras tan preciosas –afirma– como las mayores de su corona de escritor».

Toda la anécdota gira en torno al arrepentimiento de Scrooge, un viejo avaro que es visitado la noche de Navidad por el espectro de un antiguo socio suyo. Pero aquí, en la intriga, no reside todo el encanto y la belleza del relato. Estos se fundamentan en una parábola sobre la hermandad y la solidaridad humana: «Paz en la Tierra a los hombres de buena voluntad».

Aunque Dickens no ha sido objeto de un olvido completo, en la actualidad hay una especie de recuperación creciente de su obra por lectores de muy diversos gustos y condiciones. Hoy en día, para muchos, es un agudo observador de la sociedad de su tiempo y, por consiguiente, de la nuestra.

Si bien *Canción de navidad* no forma parte de sus obras monumentales, sí brinda una magnífica oportunidad para introducirse en un autor dilatado.

He pretendido que, en este relato fantástico, los espectros nazcan de una Idea que no ponga malhumorados a los lectores consigo mismos, ni con otras personas, ni con la época navideña, ni conmigo. Desearía que este libro hechizase amablemente sus hogares y que nadie quisiera abandonar su lectura.

Su fiel amigo y servidor,

Charles DICKENS

Diciembre, 1843.

EL ESPECTRO DE MARLEY

DÍGASE para empezar que Marley había muerto. De eso no cabe duda ya. Firmada fue el acta de su entierro por el sacerdote, por el escribano, por el empresario de pompas fúnebres y por el que precidió el duelo. También Scrooge la firmó. Y el nombre de Scrooge lo aceptaba la Bolsa como bueno en todo aquello en que quisiera poner su mano. Muerto estaba el pobre Marley como el clavo de una puerta.

Pero ¡cuidado! No quiere esto decir que yo sepa, por experiencia, qué es lo que tiene de muerto el clavo de una puerta. Acaso pensara yo que un clavo de ataúd es la pieza de ferretería más muerta que existe en este gremio.

Pero la sabiduría de nuestros antepasados se apoya en los símiles, y no serán mis manos pecadoras las que perturben, si no ha de darse por perdida la nación. Me habréis de permitir por ello que repita, insistentemente, que Marley estaba más muerto que el clavo de una puerta.

¿Sabía Scrooge que Marley estaba muerto? Claro que sí. ¿Cómo podía ser de otra manera? Scrooge y él habían sido socios desde hacía no sé cuántos años. Scrooge era su único albacea, su único administrador, su único apoderado, su único heredero universal, su único amigo y el único que le llorara. Mas no fue tanta la congoja que el triste acontecimiento le produjera a Scrooge como para que dejara de ser un excelente hombre de negocios y el día mismo del entierro lo celebrara por una indiscutible ganga.

El hecho de haberme referido al entierro de Marley me trae al punto en que comencé. No cabe duda de que Marley estaba muerto. Esto debe quedar perfectamente entendido; si no, nada maravilloso podrá deducirse de la historia que voy a relatar.

Si no estuviésemos plenamente convencidos de que el padre de Hamlet murió antes de comenzar el drama, no tendría nada de extraño que se diese un paseo por la noche, con viento del Este, por sus baluartes, como no lo sería el que cualquier otro caballero de mediana edad surgiese súbitamente después de anochecer en un lugar agitado por la brisa –pongamos por ejemplo el cementerio de la catedral de San Pablo– sólo para dejar estupefacto el débil espíritu de su hijo.

Scrooge no borró jamás el nombre del pobre Marley. Allí estuvo, años después, sobre la puerta del almacén: Scrooge y Marley. Porque la firma se conocía como Scrooge y Marley. Algunas veces, gentes recién llegadas al negocio, llamaban a Scrooge, Scrooge, y otras Marley, pero respondía por ambos nombres. Lo mismo le daba.

¡Ay, pero qué tacaño era Scrooge! ¡Un sórdido pecador, codicioso, estrujador, avaro y mezquino! Duro y agudo como el pedernal, jamás acero alguno había arrancado de él una chispa generosa; reservado y hermético, solitario como una ostra. El frío que llevaba dentro de sí nublaba sus rugosas facciones, afilaba su nariz puntiaguda, fruncía su ceño, envaraba su porte, enrojecía sus ojos, ponía lívidos sus labios y surgía solapadamente al aire cuando hablaba con su voz rasposa. Helada escarcha cubría su cabeza, y sus cejas, y su barba hirsuta. Con él llevaba siempre aquella su baja temperatura, que helaba su despacho en los días de la canícula y no se deshelaba un solo grado en Navidad.

Escasa influencia ejercían sobre Scrooge el calor y el frío exteriores. No había ardor que le calentase ni tiempo invernal que le enfriara. Ninguno de los vientos que soplan resultaría más cruel que él, ni nieve más firme en su propósito, ni caediza lluvia menos propicia a la súplica. No había mal tiempo que le aventajase. El más fuerte aguacero, la nieve, el granizo, la cellisca, sólo podrían preciarse de superarle en una sola cosa: en que estos descendían muchas veces en abundancia, generosamente, y a Scrooge no le sucedía eso nunca.

Nadie se paró jamás en la calle a decirle con alegre gesto: ¿Qué tal, querido Scrooge? ¿Cuándo vais a venir a verme? Ningún mendigo imploró de él una limosna; no hubo chiquillo que le preguntase nunca qué hora era, ni hombre ni mujer que interrogase a Scrooge una sola vez en la vida por dónde se iba a tal o cual sitio. Hasta los perros de los ciegos parecían conocerle, y al verle llegar, tiraban de sus dueños para que se ocultasen en los portales o en los patios, y meneaban el rabo como diciendo: «Más vale ser ciego que tener mal ojo, mi triste amo»

Pero ¡qué le importaba todo eso a Scrooge! Si era precisamente lo que buscaba. Abrirse paso por los apretados senderos de la vida, manteniendo a distancia toda la simpatía humana, era para Scrooge gloria bendita.

Cierto día –el mejor entre los buenos del año, un día de Nochebuena– estaba el viejo Scrooge trabajando en su despacho. Hacía un tiempo frío, helado, cruel; fuera había niebla, y se escuchaba el ruido de los que pasaban resoplando por la calleja, golpeándose el pecho con las manos y sacudiendo los pies sobre las losas del pavimento para calentárselos. Los relojes de la ciudad acababan de dar las tres, pero ya había oscurecido por completo –no hubo luz en todo el día– y llameaban las velas en las ventanas de las oficinas contiguas, como rojizas manchas en el aire espeso y sucio. Se colaba la niebla por las rendijas y los agujeros de las cerraduras, y tan densa era en el exterior que, a pesar de ser la callejuela de las más estrechas, las casas fronteras resultaban meros fantasmas. Al ver cómo descendía aquella tenebrosa nube, oscureciéndolo todo, pensaríase que la Naturaleza vivía allí cerca, y estaba haciendo infusiones en gran escala.

La puerta del despacho de Scrooge estaba abierta para poder vigilar a su dependiente, que, en una lóbrega y estrecha estancia, una especie de cisterna, copiaba cartas. Muy débil era la lumbre que Scrooge tenía, pero la de su empleado lo era tanto, que parecía contener una sola brasa. Mas no podía avivarla, porque Scrooge guardaba la caja del carbón en su cuarto; y tan pronto como el escribiente hubiese aparecido con la pala, el amo le habría advertido que sería necesario que se retirase. En vista de ello, el dependiente se ponía su bufanda blanca y trataba de calentarse en la bujía, en cuyo esfuerzo fracasaba por no ser hombre de imaginación viva.

–¡Feliz Navidad, tío! ¡Que Dios te proteja! –exclamó una voz alegre–. Era la voz del sobrino de Scrooge, que llegó tan de improviso que esta fue la primera noticia que tuvo de su presencia.

–¡Bah! –respondió Scrooge–. ¡Paparruchadas! Tanto se había calentado este sobrino de Scrooge con su rápido andar a través de la niebla y la escarcha, que todo él era un resplandor: rubicundo y hermoso su rostro; chispeantes los ojos y humeante su respiración.

–¿Que las navidades son una paparrucha, tío?... –replicó el sobrino de Scrooge–. No lo piensas, ¿verdad?

–¡Pues claro que sí!... –contestó Scrooge–. ¡Feliz Navidad!... ¿Qué derecho tienes tú a ser feliz? ¿Qué razón tienes tú para estar contento? Eres un pobretón.

–Pues entonces –replicó el sobrino alegremente–, ¿qué derecho tienes tú a sentirte desgraciado? ¿Qué motivos tienes para estar de mal humor? Eres un ricachón.

Scrooge, al no tener a mano otra respuesta mejor que dar, impulsivamente, dijo: «¡Bah!» otra vez, y a continuación añadió:

–¡Patrañas!

–¡No te enfades, tío! –suplicó el sobrino.

–¿Qué quieres que haga –respondió el tío–, si vivo en un mundo de tontos como este? ¡Feliz Navidad!... ¡Fuera eso! ¿Qué significan para ti las navidades sino la época en que tienes que pagar facturas sin tener dinero; el momento en que vas a encontrarte con un año más y sin ninguna hora más de riqueza; el instante en que has de cerrar tus libros y ver que todas las partidas de los doce meses transcurridos son en contra? Si yo pudiera hacer mi voluntad –continuó Scrooge indignado–, a todos los idiotas que ponen en sus labios eso de Feliz Navidad los cocería en su propia salsa y los enterraría con una vara de acebo atravesándoles el corazón. ¡Ya lo creo!

–Pero... ¡Tío!... –refutó el sobrino.

–Pero... ¡sobrino!... –replicó ásperamente el tío–. Celebra tú la Navidad a tu modo y déjame a mí que la celebre al mío.

–¿Celebrarla? –repitió el sobrino de Scrooge–. ¡Si tú no la celebras de ninguna manera!

—Pues entonces, déjame en paz —gritó Scrooge—. ¡Que te siente muy bien! ¿No ves que siempre te ha ido perfectamente en ella?

—Muchas cosas ha habido de las que pudiera haber sacado algo bueno y de las que no me he aprovechado nunca —respondió el sobrino—, entre ellas la Navidad. Pero sí puedo decir que siempre he pensado, al llegar las navidades, aparte de la veneración que se debe a su nombre y su origen sagrado (si es que hay algo de lo que a ella se refiere que pueda apartarse de eso), que era una época excelente; época de bondades, de perdones y de caridades; la única que conozco, en el largo calendario del año, en que los hombres parecen dispuestos de buen grado a abrir de par en par sus corazones cerrados y a acordarse de las gentes de abajo como si, en realidad, fuesen compañeros de viaje hacia la tumba y no otra raza de criaturas con rumbo a otros destinos. Por eso, tío, aunque jamás me haya metido una migaja de oro ni de plata en el bolsillo, yo creo que me ha hecho y me hará mucho bien, y por eso digo: ¡Bendita sea!

El escribiente, desde su humilde nicho aplaudió involuntariamente; mas al darse inmediatamente cuenta de lo impropio de su acción, atizó el fuego y extinguió para siempre la última y débil chispa existente.

—¡Que oiga yo otra vez el más ligero ruido procedente de ahí —dijo Scrooge— y celebraréis las navidades perdiendo vuestro empleo! Eres todo un fogoso orador, caballero —añadió volviéndose a su sobrino—. Me extraña cómo no estás en el Parlamento.

–No te enfades, tío. ¡Vamos! Ven a cenar mañana con nosotros.

Replicó Scrooge que antes le vería..., sí eso es. Pronunció hasta el fin la expresión, y dijo que antes le vería en ese último extremo.

–Pero ¿por qué? –preguntó el sobrino de Scrooge–. ¿Por qué?

–¿Quieres decirme por qué te casaste? –interrogó Scrooge.

–Porque me enamoré.

–¡Porque te enamoraste! –gruño Scrooge, como si sólo eso pudiera ser más ridículo que una Feliz Navidad–. ¡Buenas tardes!

–Vamos tío, que antes que eso sucediera tampoco viniste a verme nunca. ¿Por qué lo das como razón para no venir ahora?

–Buenas tardes –dijo Scrooge.

–Nada quiero de ti, nada te pido. ¿Por qué no hemos de ser amigos?

–Buenas tardes –replicó Scrooge.

–Siento con toda mi alma verte tan obcecado. Nunca hemos reñido por culpa mía. Pero hoy he hecho la prueba en homenaje a las navidades, y voy a conservar mi humor de Nochebuena hasta el fin. Conque, Feliz Navidad, tío.

—Buenas tardes —dijo Scrooge.

—¡Y Feliz Año Nuevo!

—Buenas tardes —repitió Scrooge.

Salió de la habitación su sobrino sin pronunciar ninguna palabra airada. No obstante, se detuvo en la puerta de entrada para dar las felicitaciones de rigor al escribiente, que, a pesar de su frío, resultó más cálido que Scrooge, puesto que respondió a ellas cordialmente.

—¡Otro que tal! —murmuró Scrooge, que le había oído— Mi escribiente, con quince chelines a la semana, mujer e hijos, y hablando de Feliz Navidad. ¡Para meterle en un manicomio!

Este lunático, al abrirle la puerta al sobrino de Scrooge para que saliese, dio entrada a otras dos personas. Eran estas dos caballeros de majestuoso porte, a los que daba gozo contemplar y que se encontraban ahora, con la cabeza descubierta, en el despacho de Scrooge. En la mano llevaban unos libros y papeles, y le hicieron una inclinación de cabeza.

—Según creo, esta es la casa Scrooge y Marley —dijo uno de ellos consultando una lista—. ¿Tengo el gusto de dirigirme al señor Scrooge o al señor Marley?

—El señor Marley lleva siete años muerto —contestó Scrooge—. Precisamente esta noche hace siete años que falleció.

—No dudamos que su generosidad estará bien representada por su socio superviviente —repuso el caballero presentando sus credenciales.

Y lo estaba, en efecto, pues, habían sido dos espíritus gemelos. Al oír la ominosa palabra de «generosidad», Scrooge frunció el ceño, movió la cabeza y le devolvió los documentos.

—En esta festiva época del año, señor Scrooge —continúo diciendo el caballero al tiempo que cogía una pluma—, es más conveniente que de costumbre allegar unos pequeños fondos para los pobres y desamparados que tanto sufren en estos días. Son muchos miles los que carecen de lo más necesario; cientos de millares los que no tienen el más pequeño bienestar, caballero.

—¿Es que no hay cárceles? —preguntó Scrooge.

—Muchísimas —contestó el caballero soltando la pluma de nuevo.

—Y las Casas de Misericordia de la Unión —añadió Scrooge—, ¿funcionan todavía?

—Claro que funcionan —replicó el caballero—. Sin embargo, ¡ojalá pudiera contestar que no!

—Entonces, ¿están en pleno vigor el Torno y la Ley de los Pobres? —añadió Scrooge.

—Y ambas en plena actividad, señor.

—¡Ah! Me temía, por lo que dijísteis al principio, que hubiese sucedido algo que las hubiera detenido en su útil carrera —repuso Scrooge—. Celebro mucho saberlo.

—En la creencia de que esas cosas apenas si han de proporcionar ninguna cristiana alegría espiritual ni corporal a las gentes –alegó el caballero–, algunos de nosotros estamos tratando de crear un fondo para comprar alimentos y bebidas para los pobres, y también medios para calentarse. Hemos elegido esta época porque, entre todas, en ella es cuando más se deja sentir la necesidad y se regocija la abundancia. ¿Por qué cantidad os anoto?

–¡Por ninguna! –replicó Scrooge.

–¿Queréis hacerlo en el anónimo?

–Quiero que me dejéis en paz –contestó Scrooge–. Puesto que me preguntáis qué es lo que deseo, ya sabéis mi respuesta, caballeros. Yo no me divierto en Navidad, y no tengo por qué divertir a los holgazanes. Contribuyo al sostenimiento de los establecimientos que os he citado; bastante me cuestan y los que estén en mala situación que se vayan allí.

–Hay muchos que no pueden ir, y otros tantos que preferirían morirse.

–Pues que se mueran –contestó Scrooge–, y así disminuirá el exceso de población. Además, perdonadme, no sé de ningún caso de esos.

–Podríais conocerlo –observó el caballero.

–Eso a mí no me incumbe –contestó Scrooge–. Ya es bastante que uno entienda su negocio para ir a meterse en el de los demás. El mío me tiene constantemente ocupado. ¡Buenas tardes, caballeros!

Viendo claramente que sería inútil insistir en su propósito, los caballeros salieron de allí. Scrooge reanudó su labor con mejor opinión aún sobre sí mismo y con mejor humor del que era habitual en él.

Entre tanto, de tal modo cerraba la niebla y la oscuridad, que la gente circulaba con llameantes teas, ofreciendo sus servicios para marchar delante de los caballos de los carruajes o para guiarlos en su camino. La antigua torre de la iglesia, cuya áspera y vieja campana se asomaba siempre a hurtadillas para contemplar a Scrooge por una gótica ventana de la pared, se hizo invisible, y entre nubes lanzó al aire las horas y los cuartos, con trémulas vibraciones tras de sí, cual si unos dientes castañeteasen en su cabeza helada. El frío se hizo intenso. En la calle principal, en la esquina de la calleja, unos obreros reparaban las tuberías del gas y habían encendido un vivo fuego en un brasero, en torno al cual congregábase un grupo de hombres y chiquillos vestidos con andrajosas ropas, calentándose las manos y guiñando los ojos, embelesados ante la llama. Habían dejado abierta la llave del agua, y al fluir esta lentamente, se congelaba hasta convertirse en misántropo hielo. El resplandor de las tiendas, en donde crujían las ramas y frutos de acebo al calor de las luces de los escaparates, hacía enrojecer a los pálidos rostros que ante ellas pasaban. Los vendedores de aves y de ultramarinos convertíanse en una broma inmensa, en una esplendorosa comitiva, con la que resultaba imposible creer que tuviesen nada que ver principios tan abstrusos como la compra y la venta. El alcalde, en la fortaleza de su majestuoso palacio, daba órdenes a sus cincuenta cocineros y lacayos para que celebrasen las navidades como correspondía a un hogar de su rango; y hasta el sastre, a quien le habían impuesto el lunes pasado una multa de cinco chelines por mostrarse borracho y sanguinario en las calles, agitaba el budín del día siguiente en su buhardilla, mientras su delgada esposa y su chiquillo salían a comprar la carne.

¡Más niebla y más frío! Un frío penetrante, agudo, cruel. Si el bueno de San Dustan hubiese pellizcado la nariz del Espíritu Malo con un tiempo como aquel, en lugar de hacer uso de sus armas de costumbre, entonces sí podría haber escandalizado con razón. El dueño de una escasa y joven nariz, mordida y magullada por el frío, hambriento como los perros, se agachó hasta el hueco de la cerradura de Scrooge para obsequiarle con un villancico; pero tan pronto como se oyó el:

¡ Dios te guarde, caballero!
¡ Nada en la vida te espante!

Scrooge se apoderó de la regla con tal energía en su ademán, que el cantante huyó aterrorizado, dejando libre el hueco de la cerradura a la niebla y a la más adecuada escarcha.

Llegó, por fin, la hora de cerrar. De mala gana descendió Scrooge de su taburete, y tácitamente reconoció el hecho ante el dependiente en su cuchitril, que al instante apagó su vela y se puso el sombrero.

–¿He de suponer que querréis tener libre todo el día de mañana? –preguntó Scrooge.

—Si os parece bien, señor.

—No me parece bien —repuso Scrooge— ni lo encuentro justo. Si por ello os descontase media corona os consideraríais maltratado, estoy seguro.

El empleado sonrió débilmente.

—Y, sin embargo —añadió Scrooge—, no os parece mal que yo os pague el jornal de un día por no trabajar.

El empleado alegó que sólo se trataba de una vez al año.

—¡Mala excusa para meter la mano en el bolsillo de nadie cada veinticinco de diciembre! —replicó Scrooge, abrochándose la levita hasta la barbilla—. Pero ya veo que tendré que daros todo el día. A ver si estáis aquí bien temprano a la mañana siguiente.

El empleado prometió hacerlo así, y Scrooge salió refunfuñando. Se cerró la oficina en un santiamén, y aquel, con la bufanda colgando por debajo del chaleco —ya que no llevaba gabán—, fuese a dejarse deslizar veinte veces entre una doble fila de chiquillos, por ser aquel día víspera de Navidad, y luego corrió a su casa de Camden Town todo lo de prisa que pudo, para jugar a la gallina ciega.

Scrooge saboreó su melancólica cena en su melancólica taberna de costumbre, y después de leerse todos los periódicos y de matar el resto de la noche con su libro de cuentas en el Banco, fuese a casa a dormir. Vivía en unas habitaciones que pertenecieron en otro tiempo a su difunto socio. Era un lúgubre piso en un tétrico edificio situado en el extremo de una callejuela, donde tan mal encajaba que no podía por menos de imaginarse que debió de llegar allí corriendo cuando era joven (el edificio), jugando al escondite con otras casas, olvidando por donde se salía. Ya estaba bastante vieja y triste, y no vivía en ella más que Scrooge, pues los demás cuartos estaban todos alquilados para oficinas. Tan oscura estaba la calleja, que el mismo Scrooge, que conocía hasta su última piedra, viose obligado a marchar a tientas, y la niebla y la escarcha de tal modo velaban la negra entrada a la casa, que diríase que el Genio de la Intemperie se había sentado en fúnebre meditación en el umbral.

Ahora bien: es un hecho que el aldabón de la puerta no tenía nada de particular, salvo que era muy grande. También es un hecho que Scrooge lo había visto, día y noche, durante todo el tiempo de su residencia en aquel lugar, y así mismo que Scrooge andaba tan escaso de fantasía como cualquiera otro individuo de la ciudad de Londres, incluyendo –que ya es bastante decir– la corporación, la alcaldía y la cochera. Téngase también en cuenta que Scrooge no había dedicado un solo pensamiento a Marley desde la última vez que citara su muerte, ocurrida hacía siete años, aquella tarde. Y ahora que me explique alguien, si puede, cómo fue que Scrooge, cuando tenía la llave puesta en la cerradura, vio en el aldabón, sin que sufriese ningún proceso intermedio que le hiciera cambiar, no un aldabón, sino el rostro de Marley.

El rostro de Marley. Y no rodeado de impenetrables sombras, como los demás objetos de la calleja, sino con un halo de lúgubre luz en su derredor, como una maligna langosta en un sótano oscuro. No se mostraba airado ni feroz, sino mirando a Scrooge como solía mirarle, con unos fantasmales lentes subidos sobre su fantástica frente. Los cabellos se agitaban de manera extraña, como movidos por la respiración o por un aire caliente, y aun cuando tenía los ojos abiertos, estaban absolutamente inmóviles. Esto y la lividez de su color le daban un aspecto horrible; pero diríase que ese horror radicaba, al margen del rostro y ajeno a sus facultades, más que como parte de su expresión.

Y contemplando estaba Scrooge fijamente este fenómeno, cuando se convirtió de nuevo en aldabón.

Decir que no se asustó o que su sangre no experimentó una terrible sensación que desconociera desde la infancia, no sería cierto. Mas puso su mano sobre la llave que había abandonado, diole vuelta decididamente y penetró para encender la bujía.

Se detuvo, en un momento de indecisión, ante la puerta cerrada; miró con precaución detrás de ella, primero, casi esperando ver, aterrado, que el cigarro de Marley asomara por el vestíbulo. Mas en el revés de aquella puerta no había más que los tornillos y tuercas que sujetaban el aldabón. Dijo, pues: «¡Bah! ¡Bah!», y cerró de un portazo.

El ruido retumbó por toda la casa como un trueno. Parecía que todas las habitaciones del piso de arriba y todos los barriles de la bodega del almacén de vinos tuvieran cada uno una serie particular de ecos. Scrooge no era hombre a quien asustaran los ecos. Corrió el cerrojo de la puerta; echó a andar a través del vestíbulo y subió la escalera, despabilando lentamente la vela de paso.

Se puede hablar vagamente de conducir una carroza tirada por seis caballos por una escalera, o a través de una mala ley parlamentaria; pero a lo que yo me refiero es a que por aquella escalera se podría haber hecho pasar un coche fúnebre colocándolo de través, con el balancín mirando hacia la pared y la puerta hacia la barandilla, y que cabría perfectamente. Había anchura suficiente para eso, y aún sobraba espacio, y esto quizá fuese la razón de que Scrooge creyera ver un coche mortuorio andando delante de él en las tinieblas. Media docena de mecheros de gas traídos de la calle no hubieran alumbrado del todo la entrada; así que bien podéis suponer que con la débil luz de Scrooge aquella estaba bastante oscura.

Continuó subiendo Scrooge, sin dársele un ardite de todo aquello. La oscuridad resulta barata, y por eso le gustaba a Scrooge. Pero antes de cerrar la pesada puerta, recorrió las habitaciones para cerciorarse de que no había novedad. Aún le quedaba el suficiente recuerdo de aquel rostro para sentir nuevos deseos de hacerlo así.

El gabinete, el dormitorio, el cuarto de los trastos. Todo estaba como debía estar. No había nadie debajo de la mesa, ni nadie debajo del sofá; en la rejilla, una escasa lumbre; dispuestos el tazón y la cuchara, y una pequeña fuente de gachas –Scrooge estaba un poco resfriado de la cabeza– en la repisa. Nadie debajo de la cama; nadie en el armario; nadie en la bata que colgaba en sospechosa actitud contra la pared. El cuarto trastero, como siempre. Un guardafuegos viejo, zapatos usados, dos cestas de pescado, un lavabo de tres patas y un atizador.

Satisfecho del todo, empujó la puerta y se encerró por dentro dando doble vuelta a la llave, cosa desacostumbrada en él. Prevenido así contra la sorpresa, se quitó la corbata, se puso la bata, las zapatillas y el gorro de dormir y se sentó ante el fuego a tomarse las gachas.

En verdad que la lumbre era escasísima; nada para una noche tan cruel. Viose obligado a sentarse muy cerca de ella, y pasó un rato meditando, sin que le llegase la más ligera sensación de calor de semejante puñado de combustible. La chimenea era antigua, construida por algún comerciante holandés en lejana fecha y cubierta toda ella con raros azulejos holandeses que pretendían ser ilustraciones de las Sagradas Escrituras. Había Caínes y Abeles, hijas de Faraón, reinas de Saba, angélicos mensajeros que descendían por los aires sobre nubes como almohadones de plumas, Abrahanes, Baltasares, apóstoles que se hacían a la mar en botes de mantequilla, centenares de figuras captaban sus pensamientos, y, sin embargo, el rostro de Marley, muerto hacía siete años, surgió como la antigua vara del profeta y se tragó todo lo demás. Si todos los pulidos azulejos hubieran aparecido en blanco al principio, dispuestos para dar forma a alguna imagen sobre su superficie con los sueltos fragmentos de sus ideas, sobre cada uno de ellos hubiese aparecido una copia de la cabeza del viejo Marley.

–¡Paparruchas! –exclamó Scrooge, y echó a andar a través de la estancia.

Después de dar varias vueltas, se sentó de nuevo. Al recostar su cabeza en la silla acertó a posarse su mirada sobre una campanilla, en desuso ya, que pendía en la habitación y que comunicaba, para algún fin olvidado ya, con otro aposento del último piso del edificio. Con inmenso asombro, con extraño e inexplicable espanto, vio que la campanilla comenzaba a balancearse. Oscilaba tan despacio al principio, que apenas si hacía ruido; pero pronto repiqueteó con fuerza, y lo mismo hicieron todas las campanillas de la casa.

Quizá durase esto medio minuto, o uno tal vez; pero a él le pareció una hora. Las campanillas cesaron de tocar lo mismo que habían comenzado: todas a un tiempo. A esto sucedió un rechinar profundo, como si alguien arrastrara una pesada cadena sobre los barriles de la bodega. Entonces recordó Scrooge haber oído decir que los duendes de las casas encantadas marchan arrastrando cadenas.

Abriose de pronto la puerta del sótano con un estampido, y entonces pudo oír más claramente aún el ruido que llegaba desde el piso de abajo, subía luego por la escalera y se dirigía derechamente hacia su puerta.

–¡Siguen siendo paparruchas!.... –exclamó Scrooge–. No puedo creer en eso.

Mas cambió de color cuando, sin pausa ninguna, llegó a través de la pesada puerta y penetró en la estancia hasta quedar ante sus ojos. Al entrar, la agonizante llama se alzó como exclamando: «¡Le conozco!....¡Es el espectro de Marley!», y se achicó de nuevo.

El mismo rostro, el mismo. Marley con su cigarro, su chaleco de siempre, sus calzones y sus botas; tiesas las borlas de estas, como su cigarro, como los faldones de su levita, como sus cabellos. La cadena que arrastraba la llevaba sujeta a la cintura. Era larga, y se retorcía en torno suyo como una cola, y estaba formada (Scrooge lo observó atentamente) de cajas de caudales, llaves, candados, libros mayores, escrituras y pesadas bolsas de acero. Su

cuerpo era transparente, de modo que Scrooge, al contemplarle, podía ver, a través de su chaleco, los dos botones de atrás de la levita.

Muchas veces había oído decir Scrooge que Marley no tenía entrañas; pero nunca hasta ahora lo creyó.

No, ni tampoco ahora lo creía. Aun cuando miraba una y otra vez al fantasma y le veía en pie delante de sí; a pesar de sentir la helada influencia de sus ojos, llenos de un frío de muerte, y observar la trama del pañuelo doblado que llevaba atado en torno a la cabeza y la barbilla, envoltura que no había advertido antes, seguía siendo incrédulo, y luchaba con sus sensaciones.

—¿Qué pasa? —dijo Scrooge, cáustico y frío como siempre—. ¿Qué quieres de mí?

—¡Mucho! —respondió la voz de Marley; de eso no cabía duda.

—¿Quién eres?

—Pregúntame quién *fui*.

—¿Quién *fuiste*, entonces? —repuso Scrooge, alzando la voz—. ¡Eres muy minucioso para ser una sombra!

—En vida fui tu socio: Jacobo Marley.

—¿Puedes...., puedes sentarte? —preguntó Scrooge, mirándole con recelo.

—Puedo.

—Pues siéntate.

Scrooge hizo esta pregunta, porque no sabía si un fantasma tan transparente se encontraría en situación de tomar asiento, y creía que, caso de que fuera imposible, podría dar lugar a una explicación embarazosa. Mas el fantasma se sentó al otro lado del hogar, cual si estuviera perfectamente acostumbrado a ello.

—No crees en mí —observó el fantasma.

—No —contestó Scrooge.

—¿Qué pruebas quisieras tener de mi realidad además de la de tus sentidos?

—No sé —respondió Scrooge.

—¿Por qué dudas de tus propios sentidos?

—Porque —replicó Scrooge— hay algo que influye en ellos. Una ligera indisposición de estómago los engaña. Puede ser un trozo de carne sin digerir, un grumo de mostaza, una corteza de queso, un pedazo de patata a medio cocer. ¡Alrededor tuyo, seas lo que fueres, hay más salsa que tumba![1]

No solía Scrooge decir chistes, ni tampoco, en el fondo, tenía muchas ganas de broma a la sazón. Lo cierto es que intentaba mostrarse ingenioso para distraer su atención y aplacar su terror, ya que la voz del espectro le penetraba hasta la médula de los huesos.

---

[1] Salsa: *gravy*, y tumba: *grave*, tienen fonética muy parecida . Y este es el chiste que se permite hacer Scrooge.

Scrooge se daba cuenta de que permanecer sentado mirando a aquellos ojos fijos y vidriosos y guardando silencio un momento hubiera sido perderse por completo. Y resultaba así mismo espantoso el advertir que el espectro estaba provisto de una atmósfera infernal propia. No es que Scrooge la sintiese por sí; pero, evidentemente, era cierto, pues aunque el fantasma permanecía absolutamente inmóvil, los cabellos, los faldones, las borlas, agitábanse aún como por causa del vapor caliente de una estufa.

–¿Ves este mondadientes? ... –dijo Scrooge, volviendo rápidamente a la carga por la razón apuntada y con el deseo de apartar de sí, aunque sólo fuese por un segundo, aquella mirada pétrea.

–Lo veo –replicó el fantasma.

–Pues no lo estás mirando –respondió Scrooge.

–Pero lo veo –insistió el espectro–, sin embargo.

–¡Está bien!.... –repuso Scrooge–. No tengo más que tragármelo, y me veré perseguido durante el resto de mis días por una legión de duendecillos, todos creación mía. ¡Paparruchas!... ¡Te digo que son paparruchas!...

Al oír esto el espíritu lanzó un grito espantoso y sacudió su cadena con tan lúgubre y aterrador estruendo que Scrooge se cogió con fuerza a la silla para no caer desmayado. Pero ¡cuánto mayor fue su horror al ver que el fantasma se despojaba del vendaje que envolvía su cabeza, como si le diese demasiado calor para llevarlo dentro de casa, y la mandíbula inferior se le desplomó sobre el pecho!

Hincose de rodillas Scrooge con las manos juntas ante su rostro.

–¡Piedad!.... –gimió–. Horrorosa aparición, ¿por qué vienes a turbarme?

–¡Hombre de espíritu mundanal! –replicó el fantasma–. ¿Crees en mí o no?

–Sí creo –contestó Scrooge–. Tengo que creer. Pero ¿por qué venís los espíritus a la Tierra, y por qué han de llegar hasta mí?

–Es preciso para todo hombre –respondió el fantasma– que el espíritu que lleva dentro de sí salga al encuentro de sus semejantes y ande por todas partes; si no lo hace en vida, está condenado a hacerlo después de su muerte. ¡Sentenciado quedará a vagar por el mundo, ¡ay de mí!, y a presenciar aquello de que ya no puede participar, pero que pudiera haber compartido en la Tierra, convirtiéndolo en felicidad!

Lanzó un nuevo grito el espectro y sacudió la cadena mientras se retorcía las manos sombrías.

–Estás encadenado –dijo Scrooge temblando–. Dime: ¿por qué?

–Llevo la cadena que forjé en vida –contestó el fantasma–. La hice eslabón por eslabón y metro a metro. Me la ceñí por mi propia voluntad, y voluntariamente la llevo. ¿Te extraña su forma?

Scrooge temblaba cada vez más.

—¿O quisieras saber —prosiguió el fantasma— el peso y la longitud de la inmensa cadena que llevas tú mismo? Hace siete Nochebuenas era tan grande y tan gruesa como esta. Pero has trabajado en ella desde entonces. ¡Es pesada tu cadena!

Scrooge miró al suelo en derredor suyo, esperando hallarse rodeado de unas cincuenta o sesenta brazas de cable de hierro; mas no pudo ver nada.

—¡Jacobo —murmuró implorante—, mi buen Jacobo Marley!....¡Háblame más! ¡Dime algo para consolarme, Jacobo!

—No tengo ningún consuelo que darte —contestó el fantasma—. Ese llega de otras regiones, Ebenezer Scrooge, y lo otorgan otros ministros a otra clase de hombres. Tampoco puedo decirte cuanto yo quisiera. Muy poco más es todo cuanto me está permitido. No puedo descansar, no puedo permanecer, no puedo demorarme en ningún sitio. Mi espíritu no fue nunca más allá de nuestra oficina, ¡atiéndeme!, en vida. Mi espíritu no vagó nunca más allá de los estrechos límites de nuestra madriguera de cambistas, ¡y me esperan unas fatigosas jornadas!

Scrooge tenía la costumbre de meterse las manos en los bolsillos del pantalón siempre que caía en actitud meditativa. Pensando en lo que el fantasma le decía, hizo lo mismo ahora, pero sin levantar la mirada ni alzarse del suelo.

–¡Debes de haberlo tomado con mucha calma, Jacobo!.... –observó Scrooge en tono natural, aunque con humildad y deferencia.

–¡Con calma! –repitió el fantasma.

–Siete años muerto –musitó Scrooge–, y andando todo el tiempo.

–Todo el tiempo –repuso el fantasma–. Sin reposo ni paz. Con la incesante tortura del remordimiento.

–¿Y viajas muy de prisa?... –preguntó Scrooge.

–En alas del viento –respondió el fantasma.

–Habrás pasado por encima de una gran cantidad de tierras en siete años –observó Scrooge.

El fantasma, al oír esto, lanzó otro grito e hizo resonar la cadena en forma tan horrenda, en medio del silencio de la noche, que el sereno hubiera tenido motivos para castigarle por escándalo.

–¡Ay!... ¡Cautivo, aherrojado y con grilletes!.... –exclamó el fantasma–. ¡ No saber que siglos de labor incesante realizada en la Tierra por seres inmortales habrán de pasar a la eternidad sin que se haya hecho todo el bien que puede hacerse en ella! ¡No saber que a todo espíritu cristiano que obre con bondad en su pequeña esfera, sea cual fuere, habrá de parecerle excesivamente corta su vida mortal para las inmensas posibilidades de ser útil! ¡No saber que no hay pesar que pueda enmendar una vida de oportunidades desaprovechadas! ¡Y, sin embargo, eso hice yo! ¡Ay, eso hice yo!

—Pero tú siempre fuiste un magnífico hombre de negocios, Jacobo —balbució Scrooge, que ya empezaba a aplicarse todo aquello a sí mismo.

—¡Negocios!... —exclamó el fantasma, retorciéndose las manos de nuevo—. Hice negocio con el género humano. El bienestar común era mi negocio; la caridad, la piedad, la indulgencia y la benevolencia eran cuenta mía. ¡Los tratos de mi comercio apenas sí constituían una gota de agua en el inmenso océano de mis quehaceres!

Alzó la cadena con el brazo extendido, cual si ella fuese la causa de su inútil dolor, y la dejó caer pesadamente al suelo.

—En esta época del año que corre —prosiguió el espectro— es cuando más sufro. ¿Por qué anduve yo entre muchedumbres de semejantes con los ojos fijos en el suelo, sin alzarlos jamás hacia esa estrella bendita que guió a los Reyes Magos hacia una pobre morada? ¿Es que no había otros tristes hogares a los que pudiera haberme conducido su luz?

Scrooge se sentía consternado al oír expresarse así el espectro, y comenzó a temblar horriblemente.

—¡Escúchame, por favor!.... —gritó el fantasma—. Se me está terminando el tiempo.

–Te escucho.... –repuso Scrooge–. Pero ¡no seas cruel conmigo! ¡No te pongas poético, Jacobo! ¡Por favor!...

–No sabría decirte por qué aparezco ante ti en forma visible. Muchos días me he sentado junto a ti sin que me vieras.

No era nada agradable aquella idea. Scrooge se estremeció y se enjugó el sudor de la frente.

–No creas que es más leve esa parte de mi castigo – continuó el fantasma–. He venido aquí esta noche para advertirte que aún tienes oportunidad y esperanza de librarte de mi suerte. Oportunidad y esperanza que te he procurado yo, Ebenezer.

–Siempre fuiste buen amigo mío –dijo Scrooge–. ¡Gracias!

–Tres espíritus se te aparecerán –añadió el fantasma.

El rostro de Scrooge palideció casi tanto como el del espectro.

–¿Es esa la oportunidad y la esperanza de que hablabas, Jacobo?... –preguntole con voz balbuciente.

–Esa es.

–Yo..., yo preferiría que no... –dijo Scrooge.

–Sin su visita –repitió el fantasma– no puedes pensar en apartarte de la senda que yo sigo. Espera al primero mañana, cuando dé la una.

–¿No podría recibirlos a todos al tiempo y acabar de una vez, Jacobo? –apuntó Scrooge.

–Espera al segundo a la noche siguiente, a la misma hora. El tercero, a la otra noche, cuando haya dejado de vibrar la última campanada de las doce. Procura no verme más, y por tu bien, recuerda lo que ha sucedido entre nosotros.

Dichas estas palabras, el espectro recogió su envoltura de la mesa y se la ató a la cabeza, como antes. Scrooge se dio cuenta de esto por el ruido que produjeron sus dientes cuando el vendaje unió las mandíbulas. Aventuróse a alzar los ojos de nuevo, y vio a su sobrenatural visitante erguido frente a él con la cadena recogida sobre su brazo.

La aparición comenzó a andar hacia atrás y, a cada paso que daba, la ventana se levantaba un poco, de forma que cuando el espectro llegó a ella estaba abierta de par en par. Hízole señas a Scrooge para que se acercase, y este obedeció. Cuando estuvieron a dos pasos uno de otro, el fantasma de Marley levantó la mano, previniéndole para que no se aproximase más. Se detuvo Scrooge.

No tanto por obediencia como por sorpresa y temor, pues que al alzar la mano sintió unos extraños ruidos en el aire, incoherentes lamentaciones de pesar, gemidos inmensamente angustiosos y acusatorios. El espectro, después de escucharlos un momento, unió su voz a aquella triste endecha y salió flotando a la oscura y desierta noche.

Scrooge le siguió hasta la ventana, lleno de curiosidad. Se asomó.

El aire estaba lleno de fantasmas que vagaban de acá para allá con infatigable premura, gimiendo a su paso.

Todos ellos llevaban cadenas, como la sombra de Marley; unos cuantos –quizá gobernantes culpables– estaban enlazados entre sí; ninguno había en libertad. A muchos de ellos los conoció personalmente Scrooge en vida. Conocidísimo le era un viejo fantasma, con chaleco blanco y una monstruosa caja de caudales atada al tobillo, que gritaba lastimosamente al no poder ayudar a una mísera mujer con un niño que veía a sus pies en el umbral de una puerta. La angustia de todos ellos era indudable porque trataban de intervenir, para bien, en los asuntos

humanos, cuando ya habían perdido la facultad de hacerlo para siempre.

No podría haber dicho si aquellas criaturas se desvanecieron en la niebla o si la niebla las envolvió. Mas ellas y sus voces espirituales se esfumaron a un tiempo y la noche quedó como cuando él regresara a su hogar.

Scrooge cerró la ventana y examinó la puerta por donde había penetrado la sombra. Estaba cerrada con doble vuelta de llave, como lo hiciera con sus propias manos, y los cerrojos intactos. Fue a decir: «¡Paparruchas!»; pero se detuvo en la primera sílaba. Y como si, por las emociones sufridas, por las fatigas del día, por su visión del mundo invisible, por la pesada conversación del fantasma o por lo avanzado de la hora, sintiese gran necesidad de descanso, fue derecho a la cama, sin desnudarse, y al instante se quedó dormido.

Segunda estrofa

EL PRIMERO DE LOS TRES ESPÍRITUS

CUANDO despertó Scrooge estaba todo tan oscuro que, al mirar desde la cama, apenas sí pudo distinguir la ventana transparente de las opacas paredes de la habitación. Trataba de horadar la oscuridad con sus ojos de hurón, cuando las campanas de una iglesia vecina dieron los cuatro cuartos. Quedó, pues, en espera de escuchar la hora.

Con gran asombro advirtió que la pesada campana seguía sonando de las seis a las siete, de las siete a las ocho, y así hasta las doce, en que se detuvieron. ¡Doce! Si eran más de las dos cuando se acostó. Aquel reloj estaba mal. Algún carámbano debió de introducirse en la maquinaria. ¡Las doce!

Tocó el resorte de su reloj de repetición, para rectificar tan absurdo objeto. Su rápido latido señaló las doce y se detuvo.

–Pero ¡si no es posible –murmuró Scrooge– que pueda haberme pasado todo un día durmiendo y parte de la noche! ¡Tampoco es posible que le haya sucedido nada al sol y sean ahora las doce del día!

La idea era alarmante; saltó, pues, de la cama y fue a tientas hasta la ventana. Tuvo que hacer desaparecer la escarcha frotando con la manga de la bata para poder ver algo, y aun así fue muy poco lo que consiguió vislumbrar. Todo cuanto pudo averiguar fue que persistía la niebla, que hacía mucho frío y que no se escuchaba rumor ninguno de gentes que fuesen de un lado para otro, con gran agitación, como así debiera haber sido indiscutiblemente si la noche hubiese desplazado al día radiante para tomar posesión del mundo. Fue un gran consuelo, porque el «a tres días vista de esta primera de cambio páguese a don Ebenezer Scrooge o a su orden», etcétera, se hubiese convertido en un simple título valor de los Estados Unidos si ya no se pudiera contar por días.

Scrooge se fue a la cama otra vez, y pensó una, otra y otra vez, sin poder dilucidar nada. Cuanto más pensaba, mayor era su perplejidad; y cuanto más se esforzaba por no pensar en ello, más volvía aquello a su pensamiento.

La sombra de Marley le hostigaba con exceso. Cada vez que decidía dentro de sí, después de maduras reflexiones, que todo era un sueño, su imaginación saltaba de nuevo, como un fuerte muelle suelto, a su primera posición y le planteaba el mismo problema sin resolver: ¿era o no era un sueño?

En este estado yació tendido Scrooge hasta que las campanas dieron otros tres cuartos más, y entonces recordó, de súbito, que el fantasma le había anunciado la visita para cuando sonase la una.

Debía quedarse despierto hasta pasada esa hora, y considerando que el dormir le sería tan difícil como ir al Cielo, tal vez fuese esta la más prudente resolución a su alcance.

Tanto duraba aquel cuarto de hora, que más de una vez diose por convencido de que inconscientemente se había quedado transpuesto sin oír el reloj.

Al cabo, comenzó a sonar en su oído avizor:

–¡Din, don!

–¡El cuarto! –se dijo Scrooge, contando.

–¡Din, don!

–¡La media!

–¡Din, don!

–¡Menos cuarto!

–¡Din, don!

–¡La hora! –exclamó Scrooge triunfante–. ¡Y nada más!

Dijo esto antes que sonase la campana de las horas, que se oyó ahora dar la una con un sonido profundo, sordo, hueco y melancólico. Brilló un instante una luz como un relámpago en la habitación y se descorrieron las cortinas de su cama.

Las cortinas de su lecho, os digo, fueron descorridas por una mano. No las cortinas de los pies ni las de la cabecera, sino aquellas del costado hacia donde tenía vuelta la cara. Se descorrieron las cortinas de su lecho, y Scrooge, poniéndose en pie de un salto y quedándose en actitud casi inclinada, encontrose frente a frente con el sobrenatural visitante que las descorriera, tan cerca de él como yo lo estoy ahora de vosotros, y, como en espíritu, me hallo a vuestro lado.

Era una figura extraña..., como la de un niño, si bien más que un niño parecía un viejo, visto a través de un medio sobrenatural, que le daba aspecto de haberse alejado de la visión, disminuido hasta quedar reducido a las proporciones de un niño. Los cabellos que le caían por la espalda y en torno a su cuello, eran blancos como por efecto de los años, y sin embargo, en el rostro no se observaba ni una sola arruga y la piel mostrábase en su más lozano esplendor. Tenía los brazos largos y musculosos, e igualmente las manos, y pensárase que su presa había de tener una fuerza extraordinaria. Pies y piernas, delicadamente formados, llevábalos desnudos, como los miembros superiores. Vestía una túnica del blanco más puro, y en torno a su cintura lucía un luminoso cinturón, de hermoso resplandor. En la mano sostenía una rama verde de acebo y, en singular contraste con aquel símbolo invernal, su traje estaba adornado con flores estivales. Pero lo más extraño de todo era que de lo alto de su cabeza surgía un claro chorro de luz, merced al cual resultaba visible todo aquello. Sin duda, esto era motivo de que utilizase, en sus más apagados momentos, un gran matacandelas que hacía las veces de gorro, y que ahora llevaba bajo el brazo.

Mas ni siquiera esto era lo más extraño en él, según pudo advertir Scrooge al contemplar con creciente atención. Porque según su cinturón chispeara o resplandeciese, ya en una parte, ya en otra, y lo que se iluminara unas veces quedase otras en la oscuridad así la propia figura fluctuaba en su claridad, y ya era una cosa con un brazo, ya con una pierna, ya con veinte, ya un par de piernas sin cabeza, ya una cabeza sin cuerpo; de todas estas fugaces partes ningún perfil resultaba visible en las densas tinieblas en que se fundían. Mas en medio del asombro que esto producía, volvían a mostrarse de nuevo, claras y distintas como nunca.

–¿Sois vos, señor, el espíritu cuya llegada me ha sido anunciada? –preguntó Scrooge.

–¡Yo soy!

La voz era suave y dulce. Singularmente apagada, como si en lugar de estar junto a él se hallase a gran distancia.

–¿Quién y qué sois vos? –interrogó Scrooge.

–Soy el espectro de las navidades pasadas.

–¿Pasadas hace mucho? –preguntó Scrooge al observar su estatura de enano.

–No. Las pasadas tuyas.

Quizá Scrooge no podría haberle dicho a nadie por qué, si alguien se lo hubiera preguntado; pero sintió un especial deseo de ver al espíritu con su gorro, por lo cual le rogó que se cubriese.

–¡Cómo! –exclamó el fantasma–. ¿Tan pronto quieres extinguir con manos mundanales la luz que yo doy? ¿No te basta ser uno de aquellos cuyas pasiones crearon este gorro, obligándome a llevarlo, por los siglos de los siglos, encasquetado sobre mi frente?

Reverentemente rechazó Scrooge toda intención de ofenderle y todo conocimiento de haberle «cubierto» voluntariamente en ninguna época de su vida. Atreviose luego a preguntarle qué asunto le traía.

–¡Tu bienestar! –respondió la sombra.

Scrooge expresó su agradecimiento, pero no pudo por menos de pensar que una noche de continuado descanso quizá hubiera conducido mejor a tal fin. Debió de oírle pensar el espíritu, pues dijo inmediatamente:

–¡Sea lo que reclamas, pues! ¡Ten cuidado!

Y al hablar sacó su vigorosa mano y le cogió suavemente del brazo.

–¡Levántate y ven conmigo!

En vano hubiera sido que Scrooge alegase que el tiempo y la hora no eran muy a propósito para dar paseos a pie; que el lecho estaba caliente y el termómetro a muchos grados bajo cero; que estaba apenas vestido con una bata, un gorro de dormir y unas zapatillas y que precisamente entonces estaba acatarrado. No pudo resistir a la presión, suave como la de la mano de una mujer. Se levantó; mas al ver que el espíritu se encaminaba hacia la ventana, cogiose a sus vestidos suplicante.

—Yo soy mortal —rogó Scrooge— y puedo caerme.

—Con que sientas el contacto de mi mano ahí —dijo el espíritu, apoyándosela en el corazón— quedarás sostenido en más sitios que este.

Y en tanto pronunciaba estas palabras, atravesaron la pared y se hallaron sobre una carretera a campo abierto, flanqueada por sembrados a ambos lados. La ciudad había desaparecido por completo. No se veía de ella ni un solo vestigio. Con ella esfumáronse también la oscuridad y la niebla, pues hacía un claro y frío día invernal y la Tierra estaba cubierta de nieve.

—¡Santo Dios! exclamó Scrooge, juntando las manos al mirar en derredor suyo—. Aquí me crié yo. ¡De niño estuve aquí!

El espíritu le miró bondadosamente. Su suave contacto, aunque leve y momentáneo, parecía existir aún en las sensaciones del viejo. Miles de olores llegaban hasta él, flotando en el aire, cada uno de ellos relacionado con millares de pensamientos, esperanzas, alegrías y preocupaciones hacía mucho tiempo olvidadas.

—Te tiemblan los labios —dijo la sombra—. ¿Qué es eso que tienes en la mejilla?

Murmuró Scrooge, con un extraño temblor en la voz, que era un barrillo, y suplicó a la sombra que le conduje-se a donde quisiese.

–¿Te acuerdas del camino? –preguntó el espíritu.

–¡Que si me acuerdo! –repuso Scrooge con fervor–. Podría recorrerlo con los ojos vendados.

–¡Es raro que no lo hayas olvidado durante tantos años! –observó el fantasma–. Sigamos.

Anduvieron a lo largo de la carretera, reconociendo Scrooge cada portillo, cada poste y árbol, hasta que se divisó en la lejanía una pequeña ciudad-mercado, con su puente, su iglesia y su sinuoso río. Vieron trotar hacia ellos unos cuantos peludos potros, con chiquillos monta-dos a sus lomos, llamando a otros que iban montados en carros y cochecillos campestres, conducidos por labrado-res. Contentos y animados estaban todos los críos, lanzán-dose gritos, hasta que de tal modo llenáronse los campos de la alegre música que el aire fresco reíase al oírla.

–Estas no son más que sombras de las cosas que han sido –dijo el fantasma–. No advierten nuestra presencia.

Avanzaron los jocundos caminantes y a medida que pasaban, Scrooge los reconocía, nombrándolos a cada uno de ellos. ¿Por qué se regocijaba tanto al verlos? ¿Por qué brillaba su mirada fría y saltaba su corazón a su encuen-tro? ¿Por qué se sentía colmado de contento al oírlos de-searse mutuamente Feliz Navidad, cuando se separaban en los cruces de los caminos y en las apartadas sendas para dirigirse a sus hogares? ¿Qué representaba para Scrooge la Feliz Navidad? ¡Fuera eso de Feliz Navidad! ¿Qué bien le habían procurado nunca a él?

—La escuela no está solitaria del todo —dijo el fantasma—. Aún queda allí un niño solo, abandonado por sus amigos.

Scrooge dijo que lo conocía. Y comenzó a sollozar.

Dejaron el camino real, torciendo por un sendero perfectamente recordado, y pronto se acercaron a una mansión de ladrillo rojo mate, con una cúpula sobre el tejado, rematada por una pequeña veleta, y de la que pendía una campana. La casa era grande, pero escasa la fortuna, porque las espaciosas estancias apenas sí las utilizaban; las paredes estaban húmedas y mohosas, rotas las ventanas y desvencijadas, sus puertas. Por las cuadras cloqueaban y se contoneaban las aves, y las cocheras y cobertizos se hallaban invadidos por la hierba. En el interior no se conservaba mejor el recuerdo de su antiguo estado, pues al entrar en el sombrío vestíbulo y mirar a través de las puertas abiertas de muchos aposentos los encontraron mal amueblados, fríos y desolados. Flotaba en el ambiente un olor a tierra, una fría desnudez, que se compadecía en cierto modo con el excesivo madrugar a la luz de la vela y la escasa comida.

Scrooge y el fantasma atravesaron el vestíbulo hasta llegar a una puerta trasera de la casa. Se abrió ante ellos y les mostró una tenebrosa estancia, larga y desnuda, más desolada aún por las hileras de bancos de lisas tablas y pupitres. En uno de estos hallábase sentado un niño solitario delante de un débil fuego, y Scrooge se sentó en otro banco y lloró al ver su pobre ser olvidado como solía estarlo.

Ni uno solo de los ecos vivos de la casa, ni el roce o el chirrido de los ratones detrás de los lienzos de la pared, ni el gotear de las gárgolas semiheladas del triste corral trasero, ni un solo suspiro entre las ramas deshojadas del álamo abatido, ni el inútil bamboleo de la puerta de un almacén vacío, ni un simple crepitar en el fuego, dejó de llegar al alma de Scrooge con suavizador influjo que dejara más libre el paso a sus lágrimas.

El espíritu le tocó en el brazo y le señaló a su imagen más joven, atenta a la lectura. De pronto, un hombre, vestido con ropas extrañas –pero visibles con una claridad y realidad maravillosas–, surgió al otro lado de la ventana, con un hacha sujeta a la cintura y llevando del ronzal a un asno cargado de leña.

–Pero ¡si es Alí Babá! –exclamó Scrooge extasiado–. ¡El propio Alí Babá! ¡Sí, sí le conozco! Unas navidades en que ese niño solitario se había quedado solo aquí, llegó por vez primera, exactamente igual que ahora. ¡Pobrecillo!.... Y Valentín –añadió Scrooge– y su furioso hermano Orson, ¡allá van! ¿Y cómo se llama aquel que dejaron en calzoncillos, dormido, a la puerta de Damasco? ¿No lo véis? Y el criado del sultán, puesto boca abajo por los Genios, ¿ahí va andando de cabeza! Bien empleado le está. Me alegro. ¿Por qué tenía él que casarse con la princesa?

En verdad que hubiera sido una sorpresa para todos sus colegas de la ciudad el oír a Scrooge consumir así toda la seriedad de su carácter en temas como aquellos, con una extraordinaria voz que oscilaba entre la risa y el llanto y el rostro exaltado y excitado.

–¡Ahí está el loro! –gritó Scrooge–. Verde el cuerpo y amarilla la cola, con una cosa que parece una lechuga saliéndole de la cabeza. ¡Ahí está! Al pobre Robinson Crusoe, cuando volvía a su casa, después de navegar alrededor de la isla, le decía: «¡Pobre Robinson Crusoe!... ¿Dónde has estado Robinson Crusoe?» Y él se creía que estaba soñando; pero no era así. Era el loro, ¿comprendéis? ¡Allí va Viernes, corriendo hacia el arroyo, como si en ello le fuera la vida! ¡Hala! ¡Eh! ¡Hala!

Y luego, con una rapidez de transición, muy ajena a su carácter acostumbrado, murmuró, compadeciéndose de su antiguo ser: «¡Pobrecillo!», y volvió a llorar.

–¡Ojalá....! –murmuró Scrooge, llevándose la mano al bolsillo y mirando en su derredor, después de secarse los ojos con el pañuelo–. Pero ya es demasiado tarde.

–¿Qué ocurre? –preguntó el espíritu.

–Nada –contestó Scrooge–, nada. Anoche un chiquillo vino a cantar villancicos a mi puerta; quisiera haberle dado algo. Nada más.

Sonrió el fantasma en actitud pensativa y agitó la mano, al tiempo que decía:

–¡Vamos a ver otra Navidad!

La contrafigura de Scrooge creció al pronunciarse estas palabras, y la habitación se oscureció algo más y se mostró más sucia. Encogiéronse los lienzos y se agrietaron las ventanas; fragmentos de yeso cayeron del techo y quedaron al aire las vigas desnudas; mas todo eso se verificó sin que Scrooge supiese más de lo que sabéis vosotros ahora. Sólo sabía que aquello era absolutamente cierto; que todo había sucedido así; que allí estaba él, solo una vez más, mientras todos los demás chiquillos se habían ido a sus casas a pasar las alegres fiestas.

Ahora no leía, sino que paseaba de un lado a otro con desesperación. Scrooge contempló al espectro, y después de mover tristemente la cabeza miró con avidez hacia la puerta.

Se abrió esta e irrumpió en el aposento una chiquilla, mucho más joven que él, que, echándole los brazos al cuello y besándole repetidas veces, le habló llamándole «hermano querido».

–¡He venido para llevarte a casa, hermano querido! –dijo la niña, batiendo sus manos disminutas e inclinándose para reír–. Para llevarte a casa, ¡ a casa, a casa!

–¿A casa Fan? –replicó el muchacho.

–¡Sí! –respondió la chiquilla, rebosante de júbilo–. A casa, de una vez para siempre. A casa, para siempre jamás. ¡Padre está mucho más cariñoso que antes, y aquella casa es un paraíso! Una noche feliz me habló tan dulcemente cuando me iba a acostar, que no tuve miedo de preguntarle de nuevo si podrías venir a casa, y me contestó que sí, que debías volver; por eso me mandó un coche para que te llevase. ¡Y tienes que ser un hombre – añadió la niña, abriendo los ojos–, para no volver nunca más aquí! Pero antes vamos a pasar juntos las navidades y a divertirnos más que nadie en el mundo.

–¡Ya eres toda una mujer, Fan! –exclamó el muchacho.

Volvió a batir palmas y a reír la niña, tratando de acariciarle la cabeza; pero como era tan pequeña se rió de nuevo y se puso de puntillas para abrazarle. Luego comenzó a tirar de él, en su pueril impaciencia, hacia la puerta, mientras él, nada reacio, la acompañaba.

Una voz terrible gritó en la sala: «¡Bajad el baúl del señorito Scrooge, vamos!», y en la estancia apareció el maestro en persona, que lanzó sobre Scrooge una feroz mirada de condescedencia, hundiéndole en un espantoso estado de ánimo al estrecharle la mano. Al niño y a su hermana los condujo a un estremecedor gabinete de recibo como no se conociera otro jamás, y que parecía un verdadero pozo, en donde los mapas que colgaban de la pared, y los globos terráqueos y las esferas armilares que había junto a las ventanas, estaban lustrosos de frío. Sacó entonces un frasco de vino extraordinariamente aguado y un pastel inmensamente pesado, y obsequió con parte de aquellos manjares a los jóvenes; al mismo tiempo mandó llamar a una flaca criada para que saliese a ofrecerle algo al postillón, el cual contestó que se lo agradecía mucho al caballero, pero que si procedía de la misma espita que lo que había probado antes, prefería no tomar nada. Atado ya el baúl del señorito Scrooge sobre el carruaje, los chiquillos dijeron adiós al maestro con gran contento, y, subiendo al vehículo, pasaron sobre las barreduras del jardín, pisoteando las rápidas ruedas la escarcha y la nieve que caían de las oscuras hojas de la siempreviva como un rocío.

–Siempre fue una criatura delicada, capaz de marchitarse con el aliento –dijo el fantasma–; pero ¡tenía un gran corazón!

–Sí que es cierto –exclamó Scrooge–. Tenéis razón. No voy a contradeciros, espíritu. ¡No lo quiera Dios!

–Murió siendo ya una mujer –añadió la sombra–, y tuvo hijos, según creo.

–Un niño –apuntó Scrooge.

–Eso es –replicó el fantasma–. ¡Tu sobrino!

Scrooge parecía tener el espíritu inquieto, y contestó lacónicamente:

–Sí.

Aun cuando hacía sólo un momento que dejaran la escuela tras de sí, hallábanse ya en una de las populosas vías de una ciudad, donde pasaban y volvían a pasar los sombríos viandantes, y fantásticos carros y coches luchaban por abrirse paso, y se alzaba todo el bullicio y estruendo de una verdadera ciudad. Resultaba evidente, por el aspecto de las tiendas, que también aquí estaban en época navideña; mas, como era de noche, las calles estaban iluminadas.

Se detuvo el fantasma en la puerta de un almacén y preguntó a Scrooge si lo conocía.

—¡Que si le conozco!... —contestó Scrooge—. Fui aprendiz aquí.

Entraron. Al contemplar a un anciano tocado con una peluca galesa, sentado detrás de una mesa tan alta que, de haber tenido dos pulgadas más, aquel hombre se hubiera dado con la cabeza en el techo, Scrooge exclamó con gran agitación:

—Pero ¡si es el viejo Fezziwig!.... ¡Válgame Dios, Fezziwig vivo otra vez!

El viejo Fezziwig soltó la pluma y alzó los ojos hasta el reloj, que marcaba las siete. Se frotó las manos, se ajustó su amplio chaleco, riose todo él, desde los zapatos hasta el órgano de su benevolencia, y exclamó con voz cordial, untuosa, rica, gruesa y jovial:

—¡Eh! ¡Ebenezer! ¡Dick!

El antiguo ser de Scrooge, convertido ya en un crecido joven, penetró animadamente, acompañado de su compañero aprendiz.

—¡Seguramente ese es Dick Wilkins! —le dijo Scrooge al fantasma—. Pues claro que sí. El mismo. Me quería mucho Dick. ¡Pobre Dick! ¡Ay Dios mío!

–¡Ea, hijos míos –dijo Fezziwig–. Se acabó el trabajo por hoy. Esta noche es Nochebuena, Dick. ¡La Navidad, Ebenezer! Vamos a echar los cierres –añadió el viejo Fezziwig, dando una fuerte palmada– en menos que cante un gallo.

¡No podría creerse cómo aquellos dos muchachos se lanzaron a ello! Salieron a la calle cargados con los postigos –uno, dos tres–, los colocaron en su sitio –cuatro, cinco, seis–, echaron las barras y los pasadores –siete, ocho, nueve– y volvieron antes que se cuentan doce, jadeantes como caballos de carreras.

–¡Ajajá! –exclamó el viejo Fezziwig, dejándose resbalar desde lo alto del pupitre con maravillosa agilidad–. Fuera estorbos, y que quede mucho sitio aquí. ¡Ajajá, Dick! ¡Animo, Ebenezer!

¡Quitar estorbos! ¡Qué no habrían quitado o podido quitar estando delante el viejo Fezziwig! Quedó cumplido en un minuto. Se arrinconaron todos los enseres, como si se desterrasen de la vida pública para siempre; se barrió y se regó el piso, se despabilaron las luces, se amontonó leña en el hogar, y el almacén quedó tan bien dispuesto, tan caliente, seco y brillante como quisierais ver un salón de baile en una noche invernal.

Entró un violinista con su partitura y, subiéndose al elevado pupitre, lo convirtió en orquesta y comenzó a afinar, produciendo las mismas lamentaciones que cincuenta dolores de estómago a un tiempo. Entró la señora

Fezziwig, con una amplia y positiva sonrisa. Las tres señoritas Fezziwig entraron, radiantes y adorables. Penetraron los seis jóvenes pretendientes cuyos corazones habían roto. Penetraron todos los jóvenes de uno y otro sexo empleados en el negocio. Entró la doncella con su primo el panadero. Entró la cocinera con un amigo particular de su hermano el lechero. Penetró el chico de la acera de enfrente, de quien se decía que su amo no le daba comida suficiente, tratando de ocultarse detrás de la muchacha de una puerta vecina, a quien —estaba comprobado— le había tirado de las orejas su señora. Todos penetraron, uno tras otro; tímidamente algunos, audazmente otros; estos con gracia, aquellos con desmaña; los de aquí empujando y los de allá tirando. Entraron todos, de cualquier modo y de todas maneras. Y salieron todos, veinte parejas a un tiempo; con las manos girando hacia un lado y luego hacia el otro; bajando al centro para subir de nuevo; dando vueltas y más vueltas en diversas fases de cariñosos grupos, volviéndose la primera pareja siempre en donde no debía; avanzando la nueva pareja delantera tan pronto como llegaban allí, hasta convertirse todas en parejas en cabeza, sin que quedase una final que acudiera en su socorro. Una vez que se llegó a este resultado, el viejo Fezziwig batió palmas y detuvo la danza, gritando: «¡Muy bien hecho!», y el violinista hundió su rostro acalorado en un jarro de cerveza, especialmente preparado para el caso. Pero despreciando el descanso en aras de su reaparición, comenzó al instante de nuevo, aunque todavía no había bailarines, como si al otro violinista se lo hubiesen llevado a casa, agotado, en un postigo, y él fuese un hombre nuevecito decidido a dejarle tamañito o a perecer.

Hubo más baile, y prendas luego, y después nuevas danzas. A continuación vino la tarta, y la sangría, y un gran trozo de asado en fiambre, y otra gran cantidad de guisado frío y pastelillos de carne y cerveza en abundancia. Pero el gran golpe de efecto de la noche vino después del asado y el guisado, cuando el violinista –¡un ladino, fijaos bien!; el hombre que sabía su oficio mejor de lo que vosotros o yo pudiéramos habérselo dicho– entonó el *Sir Roger de Coverley*. Salió entonces a bailar el viejo Fezziwig con su esposa, y fue la pareja en cabeza también; con

una buena labor que sobrepujar; tres o cuatro, o veinte parejas de danzantes; gentes a las que no se podía engañar; gentes que no querían más que bailar y no tenían idea de lo que era pasear.

Pero aunque hubieran sido el doble o el cuádruple, buenos contrincantes les hubieran salido con el viejo Fezziwig y con la señora Fezziwig. Por lo que a ella se refiere, era digna pareja suya en todos los sentidos de la palabra. Si este elogio no es suficiente, decidme de otro mejor, que lo emplearé. Una verdadera luz parecía salir de las pantorillas de Fezziwig. Brillaban en todos los momentos del baile como lunas. Imposible pronosticar, en un momento dado, qué es lo que sería de ellas al siguiente. Y cuando el viejo Fezziwig y su esposa ejecutaron todo el baile, avance y retroceso, las dos manos a la pareja, inclinación de cabeza y reverencia, el tirabuzón, enhebrar la aguja y vuelta a su sitio, Fezziwig hizo el *corte* con tal destreza, que diríase que guiñaba con las piernas y volvió a alzarse sobre los pies sin una vacilación.

Al sonar las once en el reloj, se interrumpió este doméstico baile. Los señores de Fezziwig ocuparon sus puestos, uno a cada lado de la puerta, y estrechando la mano a cada uno por separado según iban saliendo, deseábanle Feliz Navidad. Cuando todos se hubieron retirado, excepto los dos aprendices, hicieron lo propio con ellos, y de este modo se apagaron las alegres voces y dejaron solos a los muchachos para que se fuesen a sus camas, colocadas debajo de un mostrador, en la trastienda.

Durante todo ese tiempo, Scrooge se comportó como quien no sabe lo que hace. Su corazón y su alma hallábanse en aquel escenario y con su antiguo ser. Corroboró todo, lo recordó todo, gozó de todo y sufrió la más extraña conmoción. Y sólo ahora, cuando los resplandecientes rostros de su otro yo y de Dick se alejaron, se acordó del fantasma y se dio cuenta de que le estaba mirando fijamente, mientras la luz de su cabeza ardía con perfecta luminosidad.

–Poca cosa –dijo la Sombra– hace falta para dejar llenas de gratitud a tan estúpidas gentes.

–¡Poca! –repitió Scrooge.

El espíritu le hizo señas para que escuchase a los dos aprendices, que volcaban sus corazones en alabanzas hacia Fezziwig; y cuando le obedeció, dijo:

–Qué, ¿no es así? Apenas sí se han gastado unas libras de tu dinero mortal; tres o cuatro, quizá. ¿Tanto es eso para merecer estos elogios?

–No es eso –repuso Scrooge, acalorado por la observación y hablando inconscientemente, como si lo hiciera con su antigua personalidad y no con la de ahora–. No es eso, espíritu. Es que tiene la facultad de hacernos felices o desgraciados; de que nuestra labor sea leve o pesada; un placer o un cansancio. Decís que su poder radica en las palabras y en las miradas; en cosas tan ligeras e insignificantes, que es imposible reunirlas y sumarlas. ¿Y qué? La felicidad que proporciona es tan grande como si costase una fortuna.

Advirtió la mirada del espíritu, y se detuvo.

–¿Qué ocurre? –preguntó el espectro.

–Nada de particular –dijo Scrooge.

–Se me acaba el tiempo –observó el espectro.

–No –denegó Scrooge–, no. Que quisiera decir una o dos palabras a mi escribiente precisamente ahora. Eso es todo.

Su pasado ser apagó las luces tan pronto como dio expresión a su deseo, y Scrooge y el fantasma halláronse de nuevo, uno junto al otro, al aire libre.

–Se me acaba el tiempo –observó el espíritu–. ¡Rápido!

Esta observación no iba dirigida a Scrooge ni a nadie visible; mas produjo un efecto inmediato. Scrooge se vio de nuevo a sí mismo. Ahora era más viejo; ya era un hombre en la flor de la vida. En su rostro no se veían aquellos ásperos y rígidos rasgos de los últimos años; pero ya había comenzado a mostrar las señales de la preocupación y la avaricia. Su mirada tenía un movimiento ávido, voraz, inquieto, prueba de la pasión que había arraigado en ella y sobre la que caería la sombra del árbol que crecía.

No estaba solo, sino sentado junto a una bella muchacha vestida de luto, en cuyos ojos había lágrimas chispeantes a la luz que irradiaba el fantasma de las pasadas navidades.

—Poco importa —decía ella en voz baja—. Para ti, poquísimo. Otro ídolo me ha desplazado, y si puede infundirte ánimo y consuelo en los días venideros, como yo hubiera intentado hacerlo también, no tengo por qué condolerme.

—¿Qué ídolo te ha desplazado? —replicó él.

—Un ídolo de oro.

—¡Este es el equitativo proceder del mundo! —exclamó él—. Con nada es más cruel que con la pobreza. ¡A nada declara condenar con más severidad que a la búsqueda de la riqueza!

—Le tienes demasiado temor al mundo —contestó ella con dulzura—. Todas tus demás esperanzas se han fundido en la de colocarte más allá de la posibilidad de sus sórdidos reproches. He visto abatirse una por una tus más nobles aspiraciones, hasta que esta pasión dominante, el lucro, se ha apoderado de ti. ¿No es así?

—¿Y qué? —replicó—. Si así me he vuelto más prudente, ¿qué? Contigo no he cambiado.

Ella movió la cabeza.

—¿Acaso sí?

—Nuestro compromiso ya es antiguo. Lo contrajimos cuando los dos éramos pobres, y nos sentíamos satisfechos de serlo hasta que, a su tiempo, pudiéramos mejorar nuestra fortuna terrenal con nuestro paciente trabajo. Tú has cambiado. Cuando lo hicimos, tú eras otro hombre.

—Era un niño —contestó él con impaciencia.

—Tu propio sentir te está diciendo que no eras lo que eres —replicó ella—. Yo, sí. Lo que prometía felicidades cuando nuestros corazones formaban uno solo, está cargado de desdichas ahora que somos dos. No podría decirte cuántas veces y con cuánta insistencia he pensado en esto. Baste saber que he pensado en ello, y que puedo dejarte en libertad.

—¿He buscado yo alguna vez esa libertad?

—Con palabras, no; nunca.

—¿Con qué, entonces?

—Con otro carácter, con distinto ánimo; con otro ambiente de vida; con una esperanza distinta como suprema aspiración. Con todo lo que le daba valor y dignidad a mi amor a tus ojos. Si esto no hubiese existido jamás entre nosotros —añadió la joven, mirándole dulcemente, pero con insistencia—, dime: ¿me distinguirías ahora y tratarías de conseguirme?...¡Ah, no!

Pareció ceder él a lo justo de esta suposición, aun a pesar de sí mismo. Pero murmuró, tras cierta lucha:

—¿Piensas tú que no?

—¡Ojalá pudiera pensar lo contrario! —contestó ella—. ¡Bien lo sabe Dios! Pero si he llegado a saber una verdad como esta, conozco lo fuerte e irresistible que ha de ser. Aunque fueses libre hoy, mañana, ayer, ¿puedo creerme que ibas a elegir a una muchacha sin caudal? ¿Puedo creerte a ti, que en tus mismas confidencias con ella todo lo mides por la ganancia? Aun admitiendo que por un momento fueses lo suficientemente falso con tus únicos principios para elegirla, ¿no sé yo que después vendrían, sin dudar, tu arrepentimiento y tu pesar? Sí; y por eso te dejo en libertad. Con el corazón embargado por el dolor, por amor a aquel que fuiste en otros tiempos.

Iba a responder él; mas con la cabeza vuelta prosiguió ella diciendo:

—¡Acaso esto te produzca un dolor! El recuerdo de lo pasado casi me hace esperarlo así. Pero poco, muy poco tiempo después, habrás desechado ese recuerdo gustosamente, como un sueño inútil, del que mejor fue que despertaras. ¡Que seas feliz en la vida que has escogido!

Se alejó de él y se separaron.

—¡Espíritu!... —dijo Scrooge—. ¡No me enseñes nada más!... Condúceme a mi casa. ¿Por qué te complaces en torturarme?

—¡Una sombra más!.... —exclamó el Fantasma.

—¡No más!... —gritó Scrooge—. No más. No quiero verla. ¡No me enseñes más!

Pero el fantasma, implacable, le cogió de ambos brazos y le obligó a contemplar lo que sucedió a continuación.

Se hallaban en otro escenario y lugar; una habitación, no muy espaciosa ni bella, pero llena de comodidades. Junto al fuego invernal hallábase sentada una hermosa joven, tan semejante a aquella última, que a Scrooge le pareció la misma, hasta que vio a esta convertida ya en una gentil matrona, sentada frente a su hija. El ruido que reinaba en este aposento era verdaderamente ensordecedor, pues que había en él más niños de los que Scrooge, en su agitado estado de ánimo, podía contar; y, a diferencia del célebre rebaño del poema, no eran cuarenta chiquillos que se portaban como uno solo, sino que cada pequeño se conducía como cuarenta. Las consecuencias eran mucho más estruendosas de lo que puede figurarse, pero nadie parecía preocuparse; por el contrario, la madre y la hija reían de buena gana y se regocijaban mucho con ello; y esta última, que pronto comenzó a mezclarse en sus juegos, vino a ser saqueada por los más despiadados bandoleros. ¡Qué no hubiera yo dado por ser uno de ellos!... ¡Aunque nunca hubiera sido tan rudo, no, no!...Ni por todo el oro del mundo hubiera yo aplastado aquel trenzado cabello ni lo hubiera arrancado tampoco; y si es aquel lindo zapatito, no se lo hubiera quitado, ¡líbreme Dios!, ni para salvar la vida. En cuanto a medir su cintura jugando, como hacía aquella audaz patrulla, imposible me hubiera sido; habría de haber esperado que mi brazo se quedase circundándola como castigo, y no lo hubiera vuelto a enderezar. Y, sin embargo, ¡cuánto me hubiese gustado, lo confieso, tocar sus labios; haberla interrogado para que los abriera; haber contemplado las pestañas de sus ojos bajos, sin producir jamás un sonrojo; haber soltado al aire las ondas de sus cabellos, de los que un solo rizo fuera un inapreciable regalo; en una palabra: me hubiera gustado, lo reconozco, haber tenido la más ligera licencia infantil y haber sido, no obstante, lo bastante libre, para conocer su valor!

Pero oyose entonces una llamada en la puerta e inmediatamente se produjo una gran conmoción. Ella, con rostro risueño y escasos vestidos, fue arrastrada hacia allí hasta convertirse en centro de un grupo acalorado y ruidoso, a tiempo precisamente para saludar al padre, que llegaba a casa acompañado de un mozo cargado de juguetes y regalos de Navidad. ¡Y qué gritos y forcejeos, qué asalto el que se lanzó contra el indefenso mozo! ¡Qué

modo de escalarle tomando las sillas por escalera, para registrarle los bolsillos, despojarle de los paquetes envueltos en papel de estraza, sujetándose de la corbata, estrujándole el cuello, aporreándole la espalda y llenando de puntapiés sus piernas, llevados de su irrefrenable cariño! ¡Y qué gritos de asombro y de placer cada vez que se desenvolvía un paquete! ¡El terrible anuncio de que habían sorprendido al chiquitín metiéndose en la boca una sartén de juguete, y la sospecha de que se hubiese tragado un fingido pavo, pegado en una fuente de madera! ¡El inmenso consuelo al descubrir que todo fue una falsa alarma! ¡La alegría, la gratitud, el éxtasis! Todo era igualmente indescriptible. Menos mal que, poco a poco, los niños y sus emociones fueron saliendo del aposento y subiendo los escalones, uno a uno, hasta lo alto de la casa, donde se acostaron y así se apaciguaron.

Scrooge miró después con más atención que nunca, cuando el dueño de la casa, con su hija cariñosamente reclinada en él, sentose con ella y con su madre al amor de la lumbre; y al pensar que otra criatura como aquella, tan grácil y tan llena de promesas, pudiera haberle llamado padre y haberse convertido en la primavera del duro invierno de su vida, se le enturbiaron los ojos.

–Belle –dijo el marido, volviéndose hacia su esposa con una sonrisa–, he visto a un antiguo amigo tuyo esta tarde.

–¿Quién era?

—¡Adivínalo!

—¿Cómo? Pero, ¡tate!, ¿que no lo sé? —añadió al instante, riéndose como él—. El señor Scrooge.

—El mismo. Pasé por la ventana de su despacho, y como no estaba cerrada y había una bujía encendida en el interior, no pude dejar de verle. Según he oído, su socio está muriéndose; y él estaba allí solo y sentado. Completamente solo en el mundo, según creo.

—¡Espíritu!... —suplicó Scrooge con voz quebrada—. Sácame de aquí.

—Ya te dije que eran sombras de las cosas pasadas — repuso el espíritu—. ¡No me culpes a mí de que sean como son!

—¡Sácame pronto de aquí! —exclamó Scrooge—. ¡No puedo resistirlo!

Se volvió hacia el espectro, y al ver que le estaba contemplando con rostro en el que, por extraño capricho, había rasgos de todos los semblantes que le había mostrado, comenzó a forcejear con él.

—¡Déjame!... ¡Hazme volver! ¡No me atormentes más!

En la lucha, si lucha puede llamarse aquella en la que el fantasma, sin resistencia visible por su parte, continuaba imperturbable a los esfuerzos de su adversario, Scrooge pudo obervar que su luz ardía más alta y más brillante, y relacionando vagamente aquello con la influencia que ejercía sobre él, se apoderó del matacandelas y con un rápido movimiento se lo encasquetó en la cabeza.

El espíritu cedió debajo de aquello hasta quedar oculto; pero, a pesar de que Scrooge apretaba hacia abajo con todas sus fuerzas, no consiguió tapar la luz que se vertía por debajo en un torrente ininterrumpido sobre el suelo.

Se sintió agotado, vencido por un sopor irresistible, y, además, se dio cuenta de que estaba en su propio dormitorio. Estrujó el gorro entre las manos, que se le aflojaron, y apenas tuvo tiempo de dirigirse tambaleando hasta el lecho, donde quedó sumido en un pesado sueño.

Tercera estrofa

EL SEGUNDO DE LOS TRES ESPÍRITUS

AL despertarle un enorme ronquido y sentarse en la cama para poner en orden sus ideas, Scrooge no tuvo necesidad de que le avisasen que la campana estaba a punto de dar la una. Comprendió que había recobrado el conocimiento en el momento propicio para el fin especial de celebrar una conferencia con el segundo mensajero que le enviaran por medio de la intervención de Jacobo Marley. Pero observando que experimentaba un frío desagradable al comenzar a preguntarse cuál de las cortinas descorrería el nuevo espectro, las apartó todas por sí mismo, y tumbándose de nuevo, estableció una estrecha vigilancia en torno al lecho. Y es que deseaba desafiar al espíritu en el momento de su aparición y no quería que le cogiesen por sorpresa y le pusieran nervioso.

Caballeros despreocupados que se jactan de conocer varias jugadas, y que están acostumbrados a ponerse a tono con las circunstancias, manifiestan la amplia gama de su capacidad para la aventura observando que sirven para todo, desde el juego al homicidio; entre cuyos opuestos extremos caben, sin duda, una extensa y diversa variedad de temas. Sin aventurarnos a pretender para Scrooge una intrepidez como esta, no nos importa llevar a vuestro convencimiento que estaba dispuesto a una amplia serie de extrañas apariciones, y que nada de lo que pudiera encerrarse, desde un infante a un rinoceronte, le hubiera causado gran sorpresa.

Ahora bien: hallándose preparado para casi todo, no estaba dispuesto para nada; y, por consiguiente, cuando la campana dio la una y no surgió figura alguna, comenzó a temblar violentamente. Cinco minutos, diez minutos, un cuarto de hora transcurrieron, y nadie llegaba. Todo este tiempo permaneció tendido en la cama, como núcleo y centro de un resplandor de tono rojizo que se derramó sobre él tan pronto como el reloj dio la hora, y que, por ser luz tan sólo, resultaba más alarmante que una docena de fantasmas, ya que se sentía impotente para descifrar lo que significaba o en qué pararía aquello. A veces receló de ser en aquel preciso instante un interesante caso de combustión espontánea, sin tener el consuelo de saberlo. Por fin, sin embargo, comenzó a pensar –como vosotros o yo hubiéramos pensado desde un principio, pues siempre es la persona que no se halla en el trance la que se da cuenta de lo que debiera haber hecho, y la que lo haría, sin duda–, por fin, digo, comenzó a pensar que el origen y secreto de esta luz fantasmal pudiera hallarse en la habitación contigua, de donde, al investigar de nuevo, parecía proceder su brillo.

Y como esta idea se apoderase por completo de su imaginación, se levantó silenciosamente y corrió en zapatillas hasta la puerta.

En el momento en que la mano de Scrooge se posaba sobre la cerradura, una voz extraña le llamó por su nombre y le ordenó que entrase. Obedeció. Aquella era su habitación; de esto no cabía duda. Mas había sufrido una transformación sorprendente. Las paredes y el techo se hallaban colgados de tal modo con un verde vivo, que parecía un bosquecillo en el que, por todas partes, resplandecían luminosos frutos. Las lozanas hojas de acebo, muérdago y hiedra devolvían reflejada la luz, como si se hubieran repartido otros tantos espejillos, y en la chimenea se alzaba, crepitante, una potente llamarada como no conociera jamás aquel hogar petrificado en tiempos de Scrooge, de Marley, ni en el transcurso de muchos pretéritos inviernos. Amontonados sobre el suelo, formando una especie de trono, veíanse pavos, gansos, piezas de caza, aves, trozos de carne, inmensos perniles, lechoncillos, largas ristras de salchichas, pastelillos de carne, budines de ciruelas, barriles de ostras, castañas asadas, rosadas manzanas, jugosas naranjas, sabrosas peras, inmensos roscos de Reyes y agitadas poncheras que enturbiaban el ambiente del aposento con su vaho delicioso. Cómodamente colocado sobre este asiento, hallábase un alegre gigante, de esplendoroso aspecto, que sostenía una reluciente antorcha, en forma no muy distinta del cuerno de la Abundancia, la cual hubo de alzar cada vez más para que derramase su luz sobre Scrooge a medida que fue asomándose a la puerta.

—¡Adelante! —gritó el fantasma—. ¡Adelante! ¡Así me podrás conocer mejor, hombre!

Entró Scrooge tímidamente e inclinó la cabeza al verse ante este espíritu. Ya no era el terco Scrooge que había sido, y aun cuando la mirada del espíritu era clara y bondadosa, no le apetecía tropezarse con ella.

—Soy el espíritu de la Navidad presente —dijo el fantasma—. ¡Mírame!

Lo hizo así Scrooge con reverencia. Iba vestido con un sencillo traje o manto de color verde oscuro, con bordes de piel blanca. Esta prenda le caía al desgaire sobre su figura, de forma que el ancho pecho le quedaba desnudo, como desdeñando el verse cubierto u oculto por ningún artificio. Los pies que asomaban bajo los amplios pliegues de sus vestiduras también estaban desnudos, y la cabeza únicamente la cubría una corona de acebo, salpicada aquí y allí por relucientes carámbanos. Sueltos caían los oscuros y largos rizos; despejado tenía el afable semblante, y la mirada luminosa, franca su mano, alegre la voz, gallardo su porte y el aire jubiloso. Ceñida a la cintura llevaba una vaina antigua, mas sin espada, y la vieja envoltura estaba comida por la herrumbre.

—¡Nunca has visto a nadie como yo! —exclamó el espíritu.

—¡Nunca! —respondió Scrooge.

–Nunca saliste a pasear con los miembros más jóvenes de mi familia; me refiero, porque soy muy joven, a mis hermanos mayores nacidos en estos últimos años – añadió el fantasma.

–No creo –replicó Scrooge–. Me parece que no. ¿Habéis tenido muchos hermanos, espíritu?

–Más de mil ochocientos –dijo el espectro.

–¡Tremenda familia para mantenerla! –murmuró Scrooge.

El fantasma de la Navidad presente se levantó.

–Espíritu –dijo Scrooge humildemente–, llevadme a donde queráis. Anoche me hicieron salir a la fuerza y aprendí una lección que está haciendo su efecto. Esta noche, si no tenéis nada que enseñarme, dejadme que me aproveche de ella.

–¡Tócame el vestido!

Scrooge hizo lo que le ordenaban, y se agarró a él fuertemente.

Acebo, muérdago, rojos frutos, hiedra, pavos, gansos, caza, aves, trozos de carne, perniles, lechones, salchichas, ostras, empanadas, budines, fruta y ponche, todo desapareció al instante. Y lo mismo ocurrió con la habitación, el fuego, el rojizo resplandor, la hora de la noche, y encontráronse en las calles de la ciudad en la mañana del día de Navidad. En ellas, pues que el tiempo era muy crudo, la gente producía una tosca pero animada música, arrancando la nieve del pavimento frente a sus moradas, y de los tejados de sus casas, desde donde, al caer, hacía las delicias de los chiquillos que la contemplaban estrellarse contra el suelo desmenuzándose en pequeñas nevadas artificiales.

Negreaban las fachadas de las casas, y más aún las ventanas, por contraste con la suave sábana de blanca nieve que cubría los tejados, y con la más sucia nieve del suelo. Esta había sido roturada en hondos surcos por las pesadas ruedas de los carros y carretas; surcos que se entrecruzaban una y cien veces allí donde las grandes vías se bifurcaban, formando complicados canales, difíciles de distinguir en el espeso fango amarillo y el agua helada. El cielo estaba encapotado y las más cortas callejuelas estaban taponadas por una sucia neblina, semihelada, cuyas más pesadas partículas descendían en una lluvia de átomos fuliginosos, cual si todas las chimeneas de la Gran Bretaña, de mutuo acuerdo, se hubiesen encendido y ardiesen a su placer. Ni el clima ni la ciudad tenían nada de alegres, y, sin embargo, esparcido había un aire jubiloso que en vano hubiera tratado de disipar el más claro ambiente estival ni el más resplandeciente sol veraniego.

Y es que las gentes que manejaban sus palas en los tejados, mostrábanse animosas y llenas de júbilo, llamándose unas a otras desde los antepechos, cruzándose de vez en vez una graciosa bola de nieve, proyectil bastante mejor intencionado que muchas bromas verbales, riendo de buena gana si daba en el blanco, y con no menos sinceridad si se desviaba. Las tiendas de los vendedores de aves estaban aún a medio abrir, y las fruterías mostrábanse radiantes en todo su esplendor. Había cestos inmensos, redondos y panzudos de castañas, en forma de chalecos de alegres caballeros, recostados en las puertas, que se desbordaban sobre la calle en su apoplética opulencia. Cebollas españolas de rostro rubicundo y moreno, anchas caderas relucientes en su gordura como frailes españoles, haciendo guiños desde sus anaqueles con traviesa socarronería a las muchachas que pasaban mirando, gazmoñas, a las colgadas ramas de muérdago. Peras y manzanas amontonadas en lozanas pirámides; racimos de uva que, por benevolencia de los comerciantes, se balanceaban en descarados ganchos para que las bocas de las gentes pudieran hacerse agua gratis al pasar; rimeros de avellanas, musgosas y morenas, que recordaban, con su fragancia, los antiguos paseos por los bosques, y el agradable pasar, hundido hasta los tobillos, por entre las hojas marchitas; reinetas de Norfolk, regordetas y atezadas, que realzaban el amarillo de las naranjas y limones y, en la gran concreción de su jugosa presencia, incitaban y suplicaban insistentes que las llevasen a casa en las bolsas de papel para ser gustadas después de comer. Hasta los pececillos de oro y plata, expuestos entre esta selección de frutas en una escudilla, no obstante pertenecer a una raza insulsa y de sangre estancada, parecían darse cuenta de que algo sucedía y, para ser unos peces, daban jadeantes vueltas y más vueltas en torno a su pequeño mundo con lenta y desapasionada conmoción.

¿Y las tiendas de comestibles? ¡Ah, las tiendas de comestibles! Estaban casi cerradas, quizá con un par de postigos por echar, o sólo uno; pero a través de este resquicio, ¡qué espectáculo! No èra ya que los platillos de la balanza, al caer sobre el mostrador, produjesen un alegre sonido; que el bramante y el carrete se separasen con presteza; que los botes resonasen al subir y al bajar, como en un juego de prestidigitación; ni siguiera que los aromas mezclados del té y el café resultasen tan gratos al olfato; o que las pasas se mostrasen tan llenas y orondas, tan blancas las almendras, tan largos y rectos los ramos de canela, tan deliciosas las demás especias, tan corruscantes las confitadas frutas, salpicadas de azúcar molida para que los más fríos observadores se sintiesen desmayar y biliosos después. No era tampoco que los higos apareciesen húmedos y carnosos; que las ciruelas francesas se ruborizasen con agridulce modestia en sus adornadas cajas; que todo resultase sabroso al paladar con su vestido de Navidad, sino que las parroquianas todas, tan presurosas y agitadas iban con la esperanzada promesa de aquel día, que se tropezaban unas con otras al salir, estrujándose las cestas de mimbre, dejándose olvidadas las compras sobre el mostrador, volviendo a toda prisa a buscarlas, y cometiendo centenares de errores parecidos, con el mejor humor posible, mientras que el tendero y sus dependientes, tan campechanos y lozanos estaban, que los pulidos corazones con que se ataban los mandiles a la espalda bien pudieran ser los suyos propios expuestos a la general inspección para que las cornejas de Navidad los picoteasen si les apetecía.

Pero pronto llamaron los campanarios a las buenas gentes para que acudiesen a las iglesias y a la capilla, y allá se fueron, en grupos, por las calles, vestidos con sus mejores galas y con sus más alegres semblantes. Y al mismo tiempo surgieron de múltiples pasadizos, callejuelas e innominadas revueltas, un tropel de innumerables gentes que llevaban sus cenas a las tahonas. El espíritu pareció interesarse mucho en el espectáculo de estos pobres parranderos, pues que se quedó parado con Scrooge junto a él, a la entrada de una panadería, y levantando las tapaderas, al paso de sus portadores, espolvoreaba in-

cienso sobre sus cenas con la antorcha. Extraordinaria antorcha era aquella, pues que una o dos veces, y al producirse unas airadas palabras entre algunos de aquellos que iban cargados con la cena y que se atropellaron, derramó unas gotas de agua sobre ellos con la misma y al punto recuperaron su buen humor. Porque decían que era una vergüenza reñir el día de Navidad. ¡Y lo era! ¡Gracias a Dios lo era!

A su tiempo cesaron las campanas y cerráronse las tahonas; y, sin embargo, observábase como un símbolo agradable de todas aquellas cenas y de la marcha de su condimento, en la mancha de humedad que el deshielo producía en cada uno de los hornos, y en los que humeaba el pavimento como si también las piedras se cociesen.

—¿Tiene un sabor peculiar lo que rociáis con vuestra antorcha? —preguntó Scrooge.

—Lo tiene. El mío.

—¿Y sirve para cualquier clase de cena de este día?

—Para cualquiera si se ofrece con cariño. Cuanto más pobre, mejor.

— ¿Y por qué decís «mejor»?... – interrogó Scrooge.

—Porque es la que más lo necesita.

—Espíritu —dijo Scrooge después de un momento de reflexión—. Lo que me extraña es que vos, entre todos los seres de los muchos mundos que nos rodean, queráis imitar las oportunidades de inocente goce que tienen estas gentes.

–¿Yo? –exclamó el espíritu.

–Querríais privarlos de los medios con que cuentan para cenar cada séptimo día, que muchas veces es el único en que puede decirse que cenan de verdad –añadió Scrooge–. ¿No es cierto?

–¿Yo? –repitió el espíritu.

–¿No pretendéis cerrar esos lugares el séptimo día? – alegó Scrooge–. Pues eso equivale a lo mismo.

–¿Qué pretendo yo?

–Perdonadme si estoy equivocado. Se ha hecho en vuestro nombre o al menos, en el de vuestra familia –repuso Scrooge.

–Algunos hay en esta tierra vuestra –replicó el espíritu– que pretenden conoceros y que ejecutan sus actos de pasión, de orgullo, de mala voluntad, de odio, de envidia, de intolerancia y de egoísmo en nuestro nombre, y tan ajenas a nosotros y a todos nuestros parientes y amigos como si jamás hubiesen existido. Acuérdate de esto, y cúlpalos a ellos de sus actos y no a nosotros.

Scrooge prometió hacerlo, y continuaron avanzando, invisibles, como antes por los suburbios de la ciudad. Una de las notables cualidades del fantasma –que ya había advertido Scrooge en la tahona– era que, no obstante su tamaño gigantesco, podía colocarse en cualquier sitio cómodamente, y que se aposentaba al amparo de un bajo techo con el mismo aire grácil de criatura sobrenatural que lo hubiera hecho en una elevada sala.

Quizá fuese el placer que experimentaba el buen espíritu en demostrar esta facultad suya, o acaso su carácter afable, generoso y cordial y su simpatía por los pobres, lo que le llevó directamente a casa del empleado de Scrooge, pues que hacia allí se dirigió llevando a este consigo, cogido de sus vestiduras. En el umbral de la puerta sonrió el espíritu y se detuvo a bendecir la morada de Bob Cratchit con las aspersiones de su antorcha. ¡Imaginaos! ¡Bob no ganaba más que quince chelines a la semana; sólo quince chelines se embolsaba los sábados, y, sin embargo, el espíritu de la Navidad presente bendecía ahora su casa de cuatro habitaciones!

Surgió entonces la señora Cratchit, la esposa del escribiente, pobremente ataviada con un vestido vuelto dos veces, pero profuso en cintas, que son baratas y hacen muy buen efecto por seis peniques; extendió el mantel con ayuda de Belinda Cratchit, la segunda de las hijas también provocativa de cintas, en tanto el señorito Pedro Cratchit hundía un tenedor en la olla de las patatas, y metiéndose en la boca las puntas de su enorme cuello –propiedad particular de Bob, cedido a su hijo y heredero en honor a la festividad del día–, regocijábase al verse tan elegantemente ataviado y suspiraba por mostrar su ropa interior en el París elegante. Otros dos Cratchits más pequeños, niño y niña, entraron presurosos, vociferando que desde la puerta de la tahona habían percibido el olor a ganso, reconociéndolo como suyo. Recreándose en gozosos pensamientos con la salvia y la cebolla, los jóvenes Cratchits comenzaron a dar vueltas en torno a la mesa, exaltando la figura de Pedro Cratchit hasta los cielos, mientras este –nada orgulloso, aunque el cuello casi le ahogaba– soplaba la lumbre, hasta que las patatas, que borbollaban con lentitud, sacudieron fuertemente la tapa de la cacerola para que las sacasen y las pelasen.

–¿Dónde se habrá metido vuestro padre? –dijo la señora Cratchit– ¿Y tu hermano Timoteín? La Navidad pasada, Marta llegó lo menos media hora antes.

–¡Aquí está Marta, madre! –exclamó una muchacha al tiempo que pronunciaba estas palabras.

–¡Aquí está Marta, madre! –gritaron los dos pequeños Cratchits–. ¡Viva! ¡Tenemos un ganso, Marta!

–Pero, por Dios, hija mía, ¡qué tarde vienes! –dijo la señora Cratchit besándole el chal y el sombrero con oficioso celo.

–Anoche nos quedó un montón de trabajo por hacer –contestó la muchacha– y lo hemos tenido que despachar esta mañana, madre.

–Bueno, olvidémoslo puesto que ya has venido –respondió la señora Cratchit–. Siéntate a la lumbre, hija mía, y caliéntate un poco. ¡Válgame Dios!

–¡No, no! ¡Ya viene papá! –gritaron los dos Cratchits, que estaban en todas partes al mismo tiempo–. ¡Escóndete, Marta, escóndete!

Se escondió Marta y entró el pequeño Bob, el padre, asomando por lo menos tres pies de bufanda, sin contar el fleco; zurcidas y cepilladas sus raídas ropas en consonancia con el acontecimiento, y con Timoteín a hombros. ¡Ay Timoteín...! Llevaba una muleta y sus piernas estaban encerradas en una armadura de hierro.

—Pero ¿dónde está nuestra Marta? —gritó Bob Cratchit mirando en derredor suyo.

—No viene —dijo la señora Cratchit.

—¡Que no viene! —exclamó Bob, con un súbito descenso de su elevado espíritu, pues que habíale servido a Timoteo de caballo de raza desde la iglesia y había llegado a casa desenfrenado. ¡Mira que no venir el día de Navidad!

A Marta no le gustaba verle contrariado, aunque solo fuese en broma; salió, pues, prematuramente, de detrás de la puerta del armario y corrió a sus brazos, en tanto los dos pequeños Cratchits achuchaban a Timoteín y se lo llevaban al lavadero para que pudiera oír el canto del budín en el caldero.

—¿Qué tal se ha portado Timoteíto? —preguntó la señora Cratchit después de burlarse de Bob por su credulidad y de que este abrazó a su hija hasta quedarse satisfecho.

—Ha sido más bueno que el pan —contestó Bob—. De todas maneras se pone melancólico, de tanto estar solo, y se le ocurren las cosas más extrañas que hayas oído en tu vida. Cuando veníamos hacia casa me dijo que ojalá le hubiesen visto las gentes que estuviesen en la iglesia, porque como estaba lisiado, pudiera resultarles agradable el recordar en este día de Navidad a Aquel que hizo andar a los mendigos cojos y dio vista a los ciegos.

La voz de Bob temblaba al decir esto y aún se estremeció más al añadir que Timoteín se estaba poniendo muy fuerte y muy bien.

Oyóse el rumor de la activa muleta golpear sobre el suelo, y regresó Timoteín sin que se pronunciara una palabra más, seguido de su hermano y su hermana, que le escoltaron hasta su escaño junto al fuego. Mientras tanto, Bob, remangándose los puños, como si, ¡pobre hombre!, fuese posible que se deshilachasen más todavía, compuso un brebaje caliente en su jarro, con ginebra y limones, diole vueltas y más vueltas y lo colocó luego en la repisa del hogar para que hirviese a fuego lento. Pedrito y los dos rubicundos Cratchits fueron en busca del ganso, con el que regresaron al punto en solemne procesión.

Tal bullicio se produjo que se pensara que un ganso es la más rara de todas las aves; un fenómeno con plumas, comparado con el cual un cisne negro sería casi corriente; aunque en verdad resultaba algo muy semejante en aquella casa. La señora Cratchit calentó la salsa (preparada de antemano) hasta hacerla sisear; el señorito Pedro aplastó las patatas con vigor increíble; la señorita Belinda endulzó la compota de manzana; Marta limpió el polvo a los platos calientes; Bob colocó a Timoteíto a su lado, en una esquina de la mesa; los dos pequeños Cratchits prepararon sillas para todos, sin olvidarse de sí mismos, y montando la guardia en sus puestos, se metieron la cuchara en la boca por temor a gritar pidiendo ganso antes que les llegase el turno a servirlos. Por último, se pusieron los platos y se bendijo la mesa. A esto siguió una pausa sin aliento, cuando la señora Cratchit, revisando lentamente el trinchante, se dispuso a hundirlo en la pechuga; mas tan pronto como lo hizo y salió el esperado relleno, se alzó un murmullo de placer en torno a la mesa, y hasta Timoteín, animado por los dos Cratchits pequeños, comenzó a dar golpes en la mesa con el mango del cuchillo y gritó débilmente: «¡Vivaa!».

En la vida se vio un ganso como aquel. Bob dijo que no podía creer que jamás se hubiese guisado tan bien un ganso. Lo tierno que estaba, lo bien que sabía, su tamaño y su baratura fueron temas de general admiración para toda la familia; en efecto, como dijo la señora Cratchit, toda gozosa, contemplando un huesecillo que quedó en la fuente, ¡al final no se lo habían comido todo! Sin embargo, todos tuvieron bastante, y los pequeños Cratchits en particular, que se empaparon de salvia y cebolla hasta las cejas. Mas ahora, una vez que la señorita Belinda cambió los platos, la señora Cratchit abandonó la estancia –demasiado nerviosa para consentir que la viesen– a fin de sacar el budín y traerlo.

¡Suponed que no estuviese lo suficientemente hecho! ¡Suponed que se rompiese al darle la vuelta! ¡Suponed que alguien hubiese saltado la tapia del corral y lo hubiera robado mientras ellos se solazaban con el ganso! (Esta suposición dejó lívidos a los dos pequeñuelos.) Se supusieron toda clase de horrores.

¡Atención! ¡Una gran cantidad de humo! ¡Ya estaba el budín fuera de la cacerola! ¡Olía a día de colada! Pero eso era el mantel. ¡Olía a casa de comidas con una pastelería al lado, seguida de un lavadero! ¡Eso era el budín! Medio minuto después entraba la señora Cratchit –sofocada, pero sonriente y satisfecha –llevando el budín como una bala de cañón espolvoreada, tan duro y firme estaba, ardiendo en medio cuartillo de coñac inflamado y adornado con una rama de acebo clavada en lo alto.

¡Oh, qué maravilloso budín! Bob Cratchit dijo, con gran prosopopeya, que lo consideraba el mayor éxito alcanzado por la señora Cratchit desde que se casaron. La señora Cratchit declaró que ahora que aquel peso se le había quitado de encima, confesaría que había tenido sus dudas respecto a la cantidad de harina. Todo el mundo tuvo algo que decir del budín, pero nadie dijo ni pensó que era indudablemente pequeño para una familia tan numerosa. Hubiera sido pecado de herejía el decirlo. Sólo con una insinuación sobre ello, Anita Cratchit se hubiera puesto como la grana.

Por fin terminó la cena, se quitó el mantel, se barrió el hogar y se avivó el fuego. Probada que fue la mezcla del jarro, y considerada perfecta, trajéronse a la mesa manzanas y naranjas y se echó un cogedor lleno de castañas a la lumbre. Toda la familia Cratchit se congregó entonces en torno al hogar, formando lo que Bob Cratchit llamaba un círculo, y no lo era más que a medias; cerca de Bob Cratchit y a su alcance estaba toda la cristalería de la familia: dos vasos grandes y un flanero sin asas.

Con estos se sacaba el caliente brebaje del cacharro, mejor que con copas de oro, y Bob lo servía, reluciéndole la mirada, en tanto las castañas chisporroteaban y crujían en el fuego. Entonces brindó Bob:

–¡Feliz Navidad a todos los presentes, queridos míos! ¡Que Dios nos bendiga a todos!

Toda la familia se hizo eco de estas palabras.

–¡Que Dios nos bendiga a todos! dijo Timoteíto, el último.

Se sentó muy cerca de su padre, sobre su escaño. Bob estrechó con la suya la manita mustia del pequeño como si, adorándole, quisiera tenerle a su lado, temeroso de que alguien se lo pudiera arrebatar.

–Espíritu –dijo Scrooge, con un interés que no había sentido nunca–, dime si vivirá Timoteíto.

–Veo un asiento vacío –respondió el Fantasma– en esa pobre chimenea, y una muleta sin dueño, cuidadosamente conservados. Si el futuro deja intactas todas esas sombras, el niño morirá.

–No, no –exclamó Scrooge–. ¡Bondadoso espíritu, no! Dime que a él lo salvarán.

–Si el futuro deja intactas esas sombras –repitió el fantasma–, ninguno de los de mi raza le volverá a encontrar aquí. ¿Y qué importa? Si él ha de morir, mejor será que muera y disminuya el exceso de población.

Scrooge bajó la cabeza al oír sus palabras repetidas por el espíritu y se sintió abrumado de arrepentimiento y de pesar.

–Hombre –dijo el espectro–, si eres hombre de corazón y no de diamante, prescinde de esa jerga perversa hasta que hayas averiguado cuál es el exceso y dónde está. ¿Vas a decidir tú qué hombres son los que han de vivir y cuáles han de morir? Acaso a los ojos de Dios eres tú más indigno y menos apto para la vida que otros millones iguales al hijo de ese pobre hombre. ¡Ay Dios! ¡Tener que oír al insecto que está sobre la hoja hablar dogmáticamente sobre el exceso de vida entre sus hermanos hambrientos en el polvo!

Scrooge se inclinó ante el reproche del fantasma y, tembloroso, bajó los ojos al suelo. Pero los alzó velozmente al oír su nombre.

–¡Por el señor Scrooge!... –dijo Bob–. ¡Voy a brindar por el señor Scrooge fundador de la fiesta!

–¡El verdadero fundador de la fiesta! –dijo la señora Cratchit, ruborizándose–. Ojalá le tuviésemos entre nosotros! Le daría un trozo de mi imaginación para que se lo comiese, y ya había de tener buen apetito.

–¡Querida –dijo Bob–, los niños! Que estamos en Navidad.

–Desde luego –respondió ella–. Tiene que ser Navidad para que se beba a la salud de un hombre tan odioso, tan cochino, tan cruel y de tan malos sentimientos como el señor Scrooge. ¡Y tú sabes que lo es, Roberto! ¡Nadie mejor que tú lo sabe, pobre!

–Querida mía –fue la suave respuesta de Bob–, ¡que estamos en Navidad!

–Brindaré a su salud, por ti y por el día –contestó la señora Cratchit–, pero no por él. ¡Que viva muchos años! ¡Que tenga Feliz Navidad y Feliz Año Nuevo! Estará muy contento y muy feliz, no lo dudo.

Correspondieron los hijos al brindis tras ella. Fue el primero de sus actos que carecía de sinceridad. Timoteíto se bebió su parte hasta el fin, pero sin que le importase un ardite. Scrooge era el ogro de la familia. La sola mención de su nombre tendió una sombra sobre la reunión, que tardó cinco minutos largos en disiparse.

Una vez desaparecida, se sintieron diez veces más alegres que antes con el solo consuelo de haber descarta-

do al funesto Scrooge. Habloles Bob Cratchit de cierta colocación que había pensado para Pedrito, y que le proporcionaría, caso de obtenerla, cinco chelines y medio a la semana. Los dos pequeños Cratchits rieron de un modo tremendo ante la idea de que Pedro iba a convertirse en un hombre de negocios, y el mismo Pedro pareció mostrarse pensativo dentro de su cuello como si deliberase a qué especiales inversiones se dedicaría cuando entrase en posesión de tan tremendo ingreso. Marta, que era una pobre aprendiza de modista, contoles entonces la clase de trabajo que hacía, cuántas horas trabajaba de una sentada y todo el tiempo que se proponía pasarse en la cama al día siguiente por la mañana para gozar de un buen descanso, puesto que era fiesta y la pasaba en casa. Habloles también de una condesa y un lord que había visto días antes; el lord «era casi tan alto como Pedro». Al oír esto, Pedro se levantó el cuello de tal modo que no se le veía la cabeza. Este fue el momento de que se sirviese una ronda del jarro y las castañas, de paso. Timoteíto entonó una canción de un niño perdido en la nieve, con una vocecilla quejumbrosa, pero bastante bien, por cierto.

En todo aquello no había ninguna distinción. No era una familia elegante; no iban bien vestidos; a sus zapatos les faltaba mucho para ser impermeables; sus vestidos eran escasos, y Pedro tal vez conocía, y probablemente así era, una casa de empeño. Pero eran felices, agradecidos, se sentían satisfechos mutuamente y contentos del instante, y cuando comenzaron a desvanecerse, con aspecto más dichoso aún, al chispear de la antorcha del espíritu, Scrooge no los perdió de vista, sobre todo a Timoteíto, hasta el fin.

Oscurecía ya y la nieve caía en abundancia. Al paso de Scrooge y del espíritu por las calles, el resplandor de los crepitantes fuegos de las cocinas, salones y demás estancias era maravilloso. Aquí, el fluctuar de la llama mostraba los preparativos para una apetitosa cena, con las humeantes fuentes puestas en fila ante la lumbre, y las cortinas, de un rojo vivo, dispuestas para cerrar el paso al frío y la oscuridad. Allá, todos los chiquillos salían corriendo a la nieve al encuentro de sus hermanos casados, hermanas, primos, tíos y tías, para ser los primeros que los saludaran. En otro lugar, sobre los visillos de las ventanas, proyectábanse las sombras de los invitados reunidos, y en diferente sitio, un grupo de bellas muchachas, encapuchadas todas y con botas de piel, parloteaban al tiempo, corrían presurosas a alguna casa vecina donde desgraciado el soltero que las viera entrar –como hechiceras redomadas, bien lo sabían ellas– todas encendidas.

Pero, a juzgar por el número de gentes que se dirigían a las amigables reuniones, bien pudiera pensarse que nadie se había quedado en casa para recibirlos cuando llegaran, en vez de que en todas partes esperasen invitados y hubiesen rellenado los fuegos hasta casi la mitad de la chimenea. ¡Benditos sean, y cómo se regocijaba el fantasma! ¡Cómo desnudaba la anchura de su pecho, y abría la palma de su mano amplia, y se alzaba derramando con mano generosa el esplendoroso e inofensivo júbilo sobre todo cuanto quedaba a su alcance! ¡Hasta el farolero que corría delante de ellos, salpicando la calle oscura con manchitas de luz, vestido para pasar la noche en algún sitio, se reía estruendosamente al pasar el espíritu, sin imaginarse que era la Navidad en persona la que tenía junto a él!

Ahora, sin que el fantasma se lo anunciase con una sola palabra, hallábase en un páramo desolado y desierto, en donde había diseminados monstruosos bloques de tosca piedra, cual un cementerio de gigantes, y el agua se derramaba dondequiera que se inclinaban o así lo hubiera hecho de no impedírselo el hielo que la tenía prisionera, sin que se viese más que musgo y árgoma y una hierba basta y espesa. Por poniente, el sol que moría había dejado una ráfaga de furioso color rojo, que fulguró sobre la desolación un instante, como una mirada adusta y bajando, bajando cada vez más, se perdió en la espesa tiniebla de la noche oscura.

–¿Puedo saber qué lugar es este? –preguntó Scrooge.

–El sitio donde viven los mineros que trabajan en las entrañas de la tierra –contestó el espíritu–. Pero verás cómo me conocen.

Brillaba una luz en una de las ventanas de una choza y rápidamente avanzaron hacia ella. Pasando a través de la pared de barro y piedra, hallaron un animado grupo reunido en torno a un resplandeciente fuego. Un viejo y una vieja, muy viejecitos, con sus hijos y los hijos de sus hijos, y otra generación más aún, todos alegremente ataviados con sus galas de fiesta. El viejecillo, con una voz que rara vez sobresalía por encima del ulular del viento sobre la paramera, entonaba una canción de Navidad –ya era muy vieja cuando él la cantaba de niño–, y de vez en vez uníansele todos en coro. Tan pronto como alzaban sus voces, animábase el viejo y gritaba; de igual modo, cuando cesaban ellos, cedía su vigor de nuevo.

No se detuvo aquí el espíritu, sino que, ordenándole a Scrooge que se agarrase a sus vestiduras, y pasando por encima del páramo, lanzose...¿Hacia dónde? ¿No sería al mar? Pues sí, al mar. Con gran horror de Scrooge, al mirar hacia atrás, vio el final de la tierra y, tras ellos, una espantosa hilera de rocas; ensordecidos estaban por el estruendo del agua, que, al ondear, rugía y bramaba entre las horrorosas cavernas que había abierto, intentando con fiereza socavar la tierra.

Erigido sobre un triste arrecife de rocas hundidas, a una legua, poco más o menos de la costa, contra el cual las aguas se estrellaban y saltaban todo el año, se alzaba un faro solitario. Grandes montones de algas se aferraban a su base, y los petreles –nacidos del viento había que suponer, como las algas nacen del agua– subían y bajaban en su derredor, como las olas que rozaban con sus alas.

Mas aun allí los dos hombres que vigilaban la luz habían encendido una hoguera que, a través de una tronera abierta en el espeso muro de piedra, derramaba un rayo de claridad sobre el horrible mar. Uniendo sus manos callosas sobre la tosca mesa ante la que andaban sentados, se desearon mutuamente Feliz Navidad con sus jarros de *grog*, y el más viejo de los dos, cuyo rostro mostraba las huellas y cicatrices de la intemperie, como el mascarón de proa, de un viejo navío, entonó una estruendosa canción, que por sí sola era una galerna.

De nuevo el fantasma aceleró el paso por encima del mar negro y encrespado –¡adelante, adelante!–, hasta que, muy lejos ya de la costa, según le dijo a Scrooge, descendieron sobre un barco. Se detuvieron junto al timonel, junto al vigía de proa, junto a los oficiales que hacían la guardia, figuras oscuras, espectrales, en sus diversos puestos; mas todos ellos canturriaban una canción de Navidad, o tenían un pensamiento para la Navidad, o hablaban en voz baja al compañero de algún día de Navidad pasado, con la esperanza del regreso al hogar en otro igual. Y todos los hombres de a bordo, dormidos o despiertos, buenos o malos, tenían para los demás, en este día, una palabra más dulce que en cualquier otro del año, y habían participado de algún modo en las fiestas, recordaban a sus seres queridos en la lejanía y estaban seguros de que se complacían recordándolos a ellos.

Fue una gran sorpresa para Scrooge, en tanto escuchaba los gemidos del viento y pensaba en lo solemne que resultaba avanzar a través de las solitarias tinieblas de una sima ignota, cuyas profundidades eran misterios tan hondos como la muerte; fue una gran sorpresa para Scrooge, en esto entretenido, el escuchar una franca carcajada, y resultó mayor aún la sorpresa de Scrooge al reconocer en ella la risa de su sobrino y encontrarse en una clara, seca y resplandeciente estancia, teniendo a su lado al espíritu sonriente, que contemplaba a su sobrino con gesto de aprobación.

–¡Ja, ja, ja! –reía el sobrino de Scrooge–. ¡Ja, ja, ja!

Si por rara casualidad llegaseis a conocer a un hombre de una risa más bienaventurada que la del sobrino de Scrooge, no puedo deciros sino que me gustaría conocerle. Presentádmelo, que cultivaré su amistad.

Es justa, equitativa y noble disposición de las cosas que, si bien las enfermedades y la pena se contagian, no hay nada en el mundo tan irresistiblemente contagioso como la risa y el buen humor. Cuando el sobrino de Scrooge se rió de este modo, apretándose las caderas, bamboleando la cabeza y retorciendo el rostro con las más extravagantes contorsiones, la sobrina política de Scrooge se rió de tan buena gana como él. Y todas sus amistades allá reunidas, por no quedarse atrás, rieron a carcajadas.

–¡Ja, ja!...¡Ja, ja, ja, ja!

–¡Tan verdad como que me estáis viendo que dijo que las navidades son una paparrucha! –exclamó el sobrino de Scrooge–. ¡Y el caso es que se lo creía!

–¡Mayor vergüenza para él todavía, Fred! –dijo la sobrina de Scrooge, indignada. Benditas mujeres; jamás hacen nada a medias. Siempre son sinceras.

Era muy linda..., muchísimo. El lindo rostro lleno de hoyuelos, de mirada sorprendida, boca pequeña y fresca, que parecía hecha para ser besada, como, sin duda, lo había sido; unos preciosos lunares en la barbilla, que se le juntaban al reír, y los dos ojos más risueños que hayáis visto jamás en una criatura.

En conjunto, resultaba lo que pudiera decirse provocativa, ya comprenderéis, pero expiatoria. ¡Oh, verdaderamente expiatoria!

—Es un viejo muy gracioso —siguió diciendo el sobrino de Scrooge—, esa es la verdad; y no todo lo agradable que pudiera ser. Sin embargo, en el castigo lleva la penitencia, y no tengo nada que decir contra él.

—Estoy seguro de que es muy rico, Fred —insinuó la sobrina de Scrooge—. Por lo menos, eso me has dicho siempre.

—¿Y qué? —repuso el sobrino de Scrooge—. Sus riquezas no le sirven para nada. No hace ni un solo bien con ellas. No se procura ningún bienestar. No tiene siquiera la satisfacción de pensar, ¡ja, ja, ja! que nos va a beneficiar con ellas.

—Pues yo pierdo la paciencia con él —alegó la sobrina de Scrooge.

Las hermanas de esta sobrina y todas las demás mujeres expresaron la misma opinión.

—¡Pues yo, no! —contestó el sobrino de Scrooge—. Me da pena; no podría enfadarme con él aunque quisiera. ¿Quién es el que sufre con sus caprichos? El mismo, siempre. Se le ha metido en la cabeza el tenernos antipatía, y no viene a cenar con nosotros. ¿Cuál es la consecuencia? No es muy buena la cena que se pierde.

–Pues yo estimo que se pierde una cena buenísima interrumpió la sobrina de Scrooge.

Todos dijeron lo mismo, y debían de tener buenos motivos para juzgar con competencias, puesto que acaba-ban de saborearla, y, con el postre sobre la mesa, se – habían agrupado en torno a la lumbre, a la luz de la lámpara.

–¡Bueno! Me alegro de saberlo –comentó el sobrino de Scrooge– porque no tengo mucha fe en estas jóvenes amas de casa. ¿Qué dices tú, Topper?

Evidentemente, Topper había puesto los ojos en una de las hermanas de la sobrina de Scrooge, pues contestó que un soltero es un mísero paria que no tiene derecho a expresar su opinión sobre el particular.

Al oír esto, la hermana de la sobrina de Scrooge –la más rolliza, con escote de encaje, no la de las rosas– se sonrojó.

–Continúa, Fred –dijo la sobrina de Scrooge batiendo palmas–. No acaba nunca lo que empieza a decir, ¡Qué hombre tan ridículo!

El sobrino de Scrooge escandalizó con otra carcajada, y como fuera imposible evitar el contagio, a pesar de que la rolliza hermana hizo todo lo que pudo con vinagre aro-mático su ejemplo fue seguido por unanimidad.

–Solo iba a decir –añadió el sobrino de Scrooge –que la consecuencia de su antipatía por nosotros y de no sen-tirse contento con nosotros es, creo yo, que se pierde al-gunos momentos agradables que no le vendrían mal.

Estoy seguro de que se pierde algunos compañeros más agradables de los que puede encontrar en sus propios pensamientos, en su mohosa oficina o en sus polvorientas habitaciones. Todos los años pienso darle la misma oportunidad, le guste o no le guste, porque le compadezco. Que se burle de la Navidad hasta el día de su muerte, pero no podrá dejar de pensar mejor de ella, le desafío, si me ve ir a decirle, año tras año, con magnífico humor: «¿Qué tal estáis, tío Scrooge?» Si de esa manera se consigue ponerle en vena de dejarle cincuenta libras a su pobre dependiente, ya es algo; y, me parece que ayer le conmoví.

Ahora les tocó reírse a los demás ante la idea de que puediera conmover a Scrooge. Mas como era íntimamente bondadoso y no le preocupaba mucho que se rieran, con tal que lo hiciesen los alentó en su contento y les ofreció una botella jubilosamente.

Después del té hubo un poco de música, porque era una familia musical que sabía lo que se hacía cuando entonaban un coro a varias voces, os lo aseguro; especialmente Topper, que sabía lanzar su voz de bajo como el mejor, sin que se le hinchasen las grandes venas de la frente ni ponerse colorado. La sobrina de Scrooge tocaba muy bien el arpa, y, entre otras piezas, interpretaba un airecillo sencillo una –cosa de nada–, que se aprendía a silbar en dos minutos, conocido de la chiquilla que fue a buscar a Scrooge a la escuela de internos, como lo recordara el fantasma de las pasadas navidades. Cuando sonó esta melodía, todas las cosas que el fantasma le enseñara volvieron de nuevo a su imaginación; se enterneció cada vez más, y pensó que si la hubiera escuchado con más frecuencia, hacía años, acaso hubiera cultivado por sí sola las bondades de la vida en favor de su felicidad, sin tener que recurrir al azadón del sepulturero que enterró a Jacobo Marley.

Mas no dedicaron toda la velada a la música. Al rato jugaron a las prendas, porque conviene sentirse niño a veces, y nunca mejor que en Navidad, cuando su Creador fue Niño también. ¡Alto! Primero había que jugar a la gallina ciega, naturalmente. Y más me inclino a pensar que Topper tuviese ojos en las botas que a creer que se cegara de veras. Mi opinión es que aquello era cosa convenida entre él y el sobrino de Scrooge, y que el espectro de la Navidad presente lo sabía. La forma en que perseguía a la muchacha rolliza, la del escote de encaje, era un ultraje a la credulidad del género humano. ¡Tirando al suelo el atizador, tropezando con las sillas, dándose topetazos contra el piano, asfixiándose entre las cortinas, dondequiera que ella iba, allí iba él! Pero siempre sabía dónde estaba la gordezuela hermana. No atrapaba a nadie más. Si alguien se echaba sobre él a propósito como hicieron algunos, simulaba que intentaba cogerle de un modo que resultaba una afrenta a su inteligencia, y al instante viraba en dirección a la hermana rolliza. Muchas veces gritaba esta que eso no estaba bien, y, en realidad, no lo estaba. Mas cuando, al fin, la atrapó; cuando, a pesar del crujir de su vestido, y de las rápidas sacudidas que diera cuando le tenía cerca, consiguió arrinconarla en donde no tenía escape, su conducta fue de lo más execrable. Porque fingir que no la conocía; simular que tenía necesidad de tocarle la cofia, y asegurarse, además, de su identidad oprimiéndose cierto anillo que llevaba en el dedo y la cadena que rodeaba su cuello, ¡fue una cosa vil y monstruosa! Sin duda que ella le expresaba su oponión sobre aquello cuando, al quedarse otro ciego, se pusieron a hablar muy confidencialmente detrás de las cortinas.

La sobrina de Scrooge no tomaba parte en aquel juego, sino que se había sentado cómodamente en un amplio sillón con su escabel en un abrigado rincón, en el que el fantasma y Scrooge quedaban muy cerca de ella. Pero sí participó en las prendas y causó admiración con todas las letras del alfabeto. De igual modo en el juego del cómo, cuándo y dónde brilló a gran altura, y con íntimo placer del sobrino de Scrooge dejó tamañitas a sus hermanas, aunque eran chicas avispadas también, como Topper po-

dría decíroslo. Unas veinte personas había reunidas allí, entre jóvenes y viejos; pero todos jugaron, y tambíen Scrooge, que, olvidándose por completo, en el interés que despertó en él cuando sucedía, de que su voz no llegaba a los oídos de los demás, a veces lanzaba, gritando, su solución, y muchas veces acertaba, porque la aguja más fina, la mejor *Whitechapel*, garantizada de que no corta el hilo por el ojo, no fuera tan aguda como Scrooge, a pesar de que a él se le había metido en la cabeza hacerse pasar por romo.

Tan satisfecho estaba el fantasma al verle de este ánimo, y le miraba con tanta complacencia, que, como un chiquillo, quiso quedarse hasta que se fueran los invitados. Pero el espíritu dijo que esto no podía ser.

–Ahora viene otro juego –dijo Scrooge–. ¡Sólo media hora, espíritu!

Se trataba del juego del sí y no, en el que el sobrino de Scrooge tenía que pensar una cosa que habían de averiguar los demás, contestando él únicamente a sus preguntas con un sí o con un no, según fuere el caso. El nutrido fuego de preguntas a que le sometieron revelaron que estaba pensando en un animal, un animal vivo, bastante desagradable; un animal salvaje; un animal que gruñía y rezongaba algunas veces que hablaba otras y vivía en Londres; se paseaba por las calles, no lo exhibían, ni lo llevaba nadie, ni vivía en un parque zoológico; que no lo mataban en el mercado; no era un caballo, ni un perro, ni un cerdo, ni un gato, ni un oso. A cada nueva pregunta que le hacían, este sobrino lanzaba una nueva explosión de carcajadas, y tanto se divertía, que se veía obligado a levantarse del sofá y a patear sobre el suelo. Al fin, la hermana rolliza, poniéndose en igual estado, gritó:

—¡Ya lo he adivinado! ¡Ya sé lo que es, Fred! ¡Ya sé lo que es !

—¿Qué? –preguntó Fred.

—¡Es tu tío Scrooge!

Y lo era, ciertamente. Se alzó un movimiento general de admiración, aunque algunos objetaron que la respuesta a «¿Es un oso?» debiera haber sido que «sí», ya que la contestación negativa bastaba para haber desviado el pensamiento del señor Scrooge, suponiendo que se hubieran inclinado por aquel camino.

—Creo que nos ha proporcionado una gran diversión – dijo Fred–, y sería una ingratitud no beber a su salud. Puesto que todos tenemos un vaso de vino especiado al alcance de nuestra mano en este momento, yo brindo: «¡Por el tío Scrooge!»

—¡Está bien! ¡Por el tío Scrooge! –gritaron todos.

—¡Sea lo que sea, deseémosle al viejo Feliz Navidad y un Feliz Año Nuevo! –dijo el sobrino de Scrooge–. Es posible que no quisiera aceptarlas, de mí, pero que las reciba, sin embargo. ¡Por el tío Scrooge!

El tío Scrooge había ido poniéndose imperceptiblemente tan animado y contento, que hubiera brindado a su vez en honor de la ignorante reunión, dándoles gracias con voz inaudible, si el espectro le hubiera dejado tiempo para ello. Mas toda la escena se esfumó con el aliento de la última palabra que pronunciara su sobrino, y de nuevo halláronse en marcha el espíritu y él.

Muchas cosas vieron, muy lejos llegaron y múltiples hogares visitaron, y siempre con un feliz resultado. El espíritu se detuvo junto al lecho de los enfermos, y alegres se sentían; en tierras extranjeras, y se creían en su patria; junto a los hombres que luchaban, y se mostraban pacientes en su mayor esperanza; cerca de los pobres, y se consideraban ricos. En el hospicio, en el hospital y en la cárcel, en todos los refugios de la desgracia, donde el hombre vanidoso, en su escasa y breve autoridad, no había atrancado la puerta y cerrado el camino al espíritu, dejó este su bendición y enseñole a Scrooge sus preceptos.

Fue una noche inmensa, si es que tan solo fue una noche; pero Scrooge abrigaba sus dudas sobre esto, porque los días de Navidad parecían hallarse condensados en el espacio de tiempo que pasaron juntos. Era extraño también que, en tanto Scrooge permanecía invariable en su forma exterior, el fantasma envejecía cada vez más de un modo evidente. Scrooge había observado este cambio, pero no hizo nunca mención a él hasta que, al abandonar una reunión de día de Reyes y mirar al espíritu cuando juntos se hallaban en un espacio abierto, advirtió que tenía los cabellos grises.

–¿Tan corta es la vida de los espíritus? –preguntó Scrooge.

–Mi vida sobre la Tierra es muy breve –contestó el fantasma–. Termina esta noche.

–¡Esta noche! –exclamó Scrooge.

–A las doce. ¡Escucha! Se aproxima el momento.

En aquel momento las campanas dieron las once y tres cuartos.

–Perdonadme si no es justificada mi pregunta –dijo Scrooge–, mirando con atención el vestido del espíritu, pero veo algo extraño y que no pertenece a vuestro ser asomado por debajo de vuestras faldas. ¿Es un pie o una garra?

–Pudiera ser una garra por la carne que la cubre –contestó el espíritu con dolor–. Mira.

De los pliegues de sus vestiduras sacó dos niños miserables, abyectos, espantosos, horrendos, desdichados. Se arrodillaron a sus pies y se aferraron a sus ropas.

–¡Ah hombre! Mira esto. ¡Fíjate, fíjate en esto! –exclamó el fantasma.

Eran un niño y una niña. Amarillos, flacos, raídos, ceñudos y hoscos, aunque abatidos al mismo tiempo en su humildad. Allí donde la airosa juventud debió llenar sus facciones poniéndoles sus más frescos matices, una mano provecta y temblorosa, como la de los años, las había arrugado y retorcido, haciéndolas jirones. En el lugar donde debieran haberse entronizado los ángeles, acechaban los demonios, lanzando miradas amenazadoras. En todos los misterios de la maravillosa creación no hay cambio, degradación ni perversión humana de ninguna especie que pueda producir unos monstruos tan horribles y espantosos.

Scrooge retrocedió, aterrado. Como se los había enseñado de aquella forma, quiso decir que eran unos niños hermosos, pero las palabras se le estrangularon antes de participar en una mentira de tan enorme magnitud.

–¡Espíritu! ¿Son vuestros? –es lo único que pudo decir Scrooge.

–Son del hombre –dijo el espíritu, contemplándolos–. Y se aferran a mí, suplicantes, huyendo de sus padres. Este niño es la Ignorancia. Esta niña es la Indigencia. Guárdate de los dos y de todos los de su especie; pero, más que de nadie, guárdate de este niño, porque en su frente lleva escrita su sentencia, a menos que alguien borre sus palabras. ¡Niégalo! –exclamó el espíritu, señalando con el brazo extendido hacia la ciudad–. ¡Calumnia a los que te lo digan! ¡Acéptalo para tus fines perversos, y empeóralo más todavía! ¡Y luego, atente a los resultados!

–¿No tienen amparo ni recursos? –preguntó Scrooge.

–¿Es que no hay cárceles? –dijo el espíritu, dirigiéndose a él por última vez con sus mismas palabras–. ¿No hay hospicios?

La campana dio las doce.

Scrooge buscó al fantasma a su alrededor, y no lo vio. Al dejar de vibrar la última campanada, recordó la predicción del viejo Marley, y, alzando los ojos, contempló un espectro de aspecto solemne, cubierto y encapuchado, que se acercaba hacia él como la niebla sobre el suelo.

EL ÚLTIMO ESPÍRITU

SILENCIOSA y gravemente se aproximó el fantasma. Cuando llegó junto a él Scrooge hincó la rodilla, porque hasta el aire mismo a través del cual se movía este espíritu parecía esparcir tinieblas y misterio.

Venía envuelto en unas vestiduras negras que le ocultaban la cabeza, el rostro y la figura, sin dejar visible más que una mano extendida. A no ser por esto, hubiera sido difícil destacar su contorno de la noche y separarlo de la oscuridad de que estaba rodeado.

Le pareció que era alto y majestuoso al colocarse a su lado y que su misteriosa presencia le llenaba de un terror solemne. Nada más pudo advertir que el espíritu ni hablaba ni se movía.

–¿Estoy en presencia del fantasma de la Navidad por venir? –dijo Scrooge.

El espíritu no contestó, sino que señaló con su mano hacia adelante.

–Vais a enseñarme las sombras de las cosas que no han sucedido, pero que sucederán en lo futuro –añadió Scrooge–. ¿No es así, espíritu?

La parte superior de las vestiduras se contrajo un instante en unos pliegues, como si el espíritu hubiese inclinado la cabeza. Esta fue la única respuesta que recibió.

Aunque acostumbrado ya a la compañía fantasmal, a Scrooge le inspiraba tanto miedo esta figura silenciosa, que le temblaban las piernas, y observó que apenas podía tenerse en pie cuando se dispuso a seguirla. El espíritu se detuvo un momento al observar su estado, y le dio tiempo para reanimarse.

Mas Scrooge se sintió aún peor con esto. Le agitaba un vago e incierto terror al saber que detrás de aquellas oscuras vestiduras había unos ojos fijos en él, mientras que, con los suyos abiertos todo cuanto podía, no conseguía ver nada más que una mano fantasmal y un enorme montón de negrura.

–¡Fantasma del futuro! –exclamó–. Me das más horror que ninguno de los espectros que hasta ahora he visto. Pero comprendo que pretendes hacerme un bien, y como espero vivir para ser un hombre distinto de lo que fui, dispuesto estoy a daros compañía y a hacerlo con el alma agradecida. ¿No me hablaréis?

Tampoco le contestó ahora. La mano señaló hacia adelante.

—¡Guiadme!... —dijo Scrooge—. ¡Guiadme! La noche pasa de prisa, y sé que el tiempo es precioso para mí. ¡Guiadme, espíritu!

El fantasma se alejó lo mismo que antes se acercara. Scrooge le siguió en la sombra de su vestido, que, según pensó, le daba ánimos y le hacía marchar.

No se puede decir que entraran en la ciudad, pues que esta más bien pareció alzarse en su derredor, circundándolos espontáneamente. Mas en ella estaban, en el corazón de la ciudad; en la Bolsa, entre los negociantes que corrían de un lado para otro, haciendo sonar el dinero en los bolsillos, y conversaban en grupos, consultando el reloj, jugueteaban pensativos con sus grandes dijes de oro y otras cosas, como Scrooge los viera con frecuencia.

El espíritu se detuvo junto a un corrillo de hombres de negocios. Al observar que se los señalaba con la mano, Scrooge avanzó para escuchar su conversación.

—No —decía un hombre grueso y voluminoso, con una barbilla monstruosa—. No sé apenas nada en ningún sentido. Sólo sé que ha muerto.

—¿Cuándo murió? —preguntó otro.

—Creo que anoche.

—¿Y qué le ha pasado? —preguntó un tercero, tomando una gran cantidad de rapé de una enorme tabaquera—. Yo creí que no se moriría nunca.

—¡Dios sabe! —repuso el primero bostezando.

–¿Qué ha hecho con su dinero? –preguntó un caballero de cara colorada, con una colgante excrecencia en la punta de la nariz, que se movía como la papada de un gallipavo.

–No he oído nada –respondió el hombre de la inmensa barbilla, bostezando de nuevo.

–Quizá se lo haya dejado a los que le hicieron compañía. A mí no me lo ha dejado. De eso estoy seguro.

Esta ingeniosidad fue acogida con risas generales.

–Va a resultar un entierro muy barato –continuó el mismo–, porque a fe que no conozco a nadie que piense asistir. ¿Y si formásemos un grupo de voluntarios?

–No me importaría ir, si hay comida –observó el caballero de la excrecencia en la nariz–. Pues si voy, me tienen que alimentar.

Nuevas risas.

–Pues, después de todo, yo soy más desinteresado que vosotros –dijo el que habló primero–, porque jamás llevo guantes negros ni como. Pero me ofrezco a ir si va alguien más. Pensándolo bien, no estoy muy seguro de no haber sido su más íntimo amigo, porque siempre que nos encontrábamos nos parábamos a charlar. ¡Hasta luego!

Opinantes y oyentes se alejaron, mezclándose con otros grupos. Scrooge conocía a aquellos hombres, y miró hacia el espíritu en demanda de una explicación.

El fantasma se deslizó hacia otra calle. Señaló con el dedo a dos personas que se saludaban. Scrooge escuchó de nuevo, pensando que de allí podría salir la explicación.

También conocía perfectamente a aquellos dos hombres. Eran dos negociantes, muy ricos y de gran importancia. Siempre procuró gozar de su estimación, desde un punto de vista comercial, naturalmente; estrictamente desde un punto de vista comercial.

–¿Cómo estáis? –dijo uno.

–¿Qué tal? –respondió el otro.

–¡Vaya! –dijo el primero–. Por fin el viejo Scratch tuvo su merecido, ¿eh?

–Eso me han dicho –contestó el segundo–. ¡Hace frío!, ¿verdad?

–Lo natural en Navidad. Supongo que no patinaréis.

–No, no. Tengo otras cosas en qué pensar. ¡Buenos días!

Ni una palabra más. Este fue su saludo, su conversación y su despedida.

Al principio, Scrooge experimentó cierta sorpresa de que el espíritu concediera importancia a unas conversaciones aparentemente tan triviales; mas, comprendiendo que algún oculto propósito habían de encerrar, púsose a pensar en cuál podría ser este. No podía suponerse que tuviese relación alguna con la muerte de Jacobo, su socio, porque aquello pertenecía al pasado y la jurisdicción de este fantasma era el futuro. Tampoco se le ocurría pensar en nadie inmediatamente relacionado consigo mismo y a quien poder aplicárselas. Pero sin dudar que, quienquiera que fuese, alguna tácita moraleja contenía para su provecho, decidió tomar nota de todas las palabras que oyera, y de todo cuanto viese, y especialmente observar su propia sombra, si surgía. Porque tenía la esperanza de que la conducta de su futuro le daría la clave que le faltaba, y le daría fácilmente la solución de estos enigmas.

Buscó en aquel mismo lugar su propia imagen; pero en su acostumbrado rincón había otro hombre, y aun cuando el reloj señalaba la hora en que él solía estar allí, no encontró a nadie que se le pareciese entre la multitud de gentes que atravesaban el porche. Sin embargo, le causó poca sorpresa, porque había estado dando vueltas a la imaginación sobre un cambio de vida, y en esto creía y esperaba ver llevadas a efecto sus recién nacidas resoluciones.

Inmóvil y oscuro alzábase junto a él el fantasma con la mano extendida. Cuando salió de esta inquisitiva abstracción, se imaginó, por la forma en que tenía vuelta la mano y por su situación con respecto a él, que los ojos invisibles le estaban mirando atentamente. Esto le hizo estremecerse y sentir un escalofrío.

Abandonaron aquel poblado lugar y penetraron en una parte oscura de la ciudad, donde no había entrado Scrooge jamás, aun cuando reconoció su situación y su mala reputación. Los caminos eran sucios y estrechos; míseras las tiendas y las casas; la gente, medio desnuda, borracha, fea y mal calzada. Los callejones y pasadizos como otras tantas letrinas, vomitaban su olor, su suciedad y su vida repulsiva sobre las extraviadas calles, y en todo el barrio había un ambiente de crimen, inmundicia y miseria.

Muy adentrado en este antro de infame concurrencia, había un hosco establecimiento, bajo un tejadillo, donde se compraba hierro, andrajos, botellas, huesos y grasientos desperdicios. Sobre el suelo estaban amontonadas herrumbrosas llaves, clavos, cadenas, bisagras, limas, balanzas, pesos y chatarra de todas clases. Secretos que pocos quisieran examinar se multiplicaban ocultos en montañas de indecentes harapos, masas de sebo corrompido y sepulcros de huesos. Sentado entre la mercancía con que comerciaba, junto a un hornillo de encina con ladrillos viejos, había un granuja de cabellos canos, de unos sesenta años de edad, que se resguardaba del frío exterior con unos sucios cortinajes hechos de varios pingajos, colgados en fila, y fumaba su pipa con toda la fruición del apacible retiro.

Scrooge y el fantasma llegaron a presencia de este hombre en el preciso instante en que se deslizaba en la tienda una mujer cargada con un pesado envoltorio. Mas apenas había entrado, cuando otra mujer, igualmente cargada, penetró también, seguida de cerca por un hombre vestido con ropas de un negro desvaído, que se mostró no menos sorprendido al verlas, que estas al reconocerse mutuamente. Después de un breve instante de confusa estupefacción, a la que se unió el viejo de la pipa, los tres rompieron a reír.

–¡Permitid que la asistenta sea la primera! –gritó la que primero hizo la aparición–. La lavandera será la segunda, y el de las pompas fúnebres, el tercero. ¡Fijaos bien, viejo José, qué casualidad! ¡Aquí estamos los tres reunidos, como si nos hubiéramos citado!

–No podríais haberos encontrado en sitio mejor –contestó el viejo José, quitándose la pipa de la boca–. Venid al gabinete. Hace tiempo que tenéis la entrada libre, como sabéis, y los otros dos no son desconocidos. Esperad a que cierre la puerta de la tienda. ¡Ah! ¡Cómo rechina! ¡No hay un pedazo de metal tan mohoso en todo este lugar como sus bisagras! ¡Ja, ja! Todos le vamos bien al oficio; somos tal para cual. Venid al gabinete.

El gabinete era el espacio que quedaba detrás de aquella pantalla de harapos. Atizó el fuego el viejo con el palo de una escalera, y, después de despabilar la humeante lámpara –era de noche– con el rabo de la pipa, volvió a llevársela a la boca.

En tanto así hacía, la mujer a quien ya hemos oído arrojó su fardo al suelo y se sentó de manera ostentosa en un taburete, con los codos apoyados en las rodillas y mirando osadamente a los otros dos.

–¿Qué pasa? ¿Qué pasa, señora Dilber? –dijo la mujer–. Todo el mundo tiene derecho a preocuparse de sí mismo. ¡*El* lo hizo siempre!

–¡Eso es verdad! –respondió la lavandera–. Nadie más que él.

–Entonces, ¿a qué viene el mirarnos como si os diéramos miedo? ¿Quién ha obrado mejor? Supongo que no iremos a echarnos nada en cara.

–¡No por cierto –replicaron la señora Dilber y el hombre a un tiempo–. No lo esperamos.

–¡Muy bien, entonces! –exclamó la mujer–. Con eso basta. ¿A quién le puede importar la pérdida de unas cuantas cosas como estas? Supongo yo que al muerto no será.

–Claro que no –contestó la señora Dilber, riendo.

–Si quería conservarlas después de muerto, el viejo roñoso –prosiguió la mujer–, ¿por qué no fue buena persona en vida? Si lo hubiera sido, hubiera tenido a alguien que le hubiese cuidado cuando le llegó la muerte, en lugar de quedarse boqueando y solo hasta el último momento.

–En la vida se ha dicho una verdad mayor –dijo la señora Dilber–. Justicia ha sido.

–¡Ojalá lo hubiera sido un poco más! –contestó la mujer–. Y lo habría sido, podéis estar seguro, si hubiera podido echarle mano a alguna otra cosa. Abrid ese paquete, tío José, y decidme lo que vale. Y hablad claro. No me asusta ser la primera, ni me importa que lo vean. Creo yo que sabíamos perfectamente, antes de encontrarnos aquí, que nos servíamos por nuestra cuenta. Eso no es pecado. Abrid el paquete, José.

Pero la galantería de sus amigos no había de permitirlo, y el hombre vestido de negro, rompiendo el fuego el primero, mostró sus despojos. No eran excesivos. Uno o dos dijes, un lapicero, un par de gemelos y un broche de escaso valor era todo. Separadamente los examinó y valoró el viejo José, que marcó con tiza en la pared las cantidades que estaba dispuesto a dar por cada objeto, sumándolo todo al ver que no quedaba nada.

—Ahí tenéis vuestra cuenta —dijo José—, y no os daré ni medio chelín más aunque me cocieran vivo. ¿Quién viene después?

La siguiente era la señora Dilber. Sábanas y toallas, unas ropas de uso, dos viejas cucharillas de plata, unas pinzas para el azúcar y unas cuantas botas. Su cuenta quedó hecha en la pared de idéntica forma.

—Siempre doy demasiado a las señoras. Es una de mis debilidades, y de ese modo me arruinaré —dijo el viejo José—. Ahí tenéis vuestra cuenta. Si me pedís un penique más, y lo hacéis por cuestión de gabinete, me arrepentiré de ser tan generoso y rebajaré media corona.

—Y ahora deshaced mi paquete —dijo la primera mujer.

Se arrodilló José para abrirlo con mayor comodidad y, después de desatar múltiples nudos, extrajo un rollo voluminoso y pesado de una tela oscura.

—¿Qué decís que son estos? —preguntó José—. ¿Cortinajes de cama?

—¡Ah! —contestó la mujer, riéndose e inclinándose hacia adelante con los brazos cruzados—. ¡Cortinajes de cama!

—Pero no iréis a decirme que los quitastéis, con anillas y todo, mientras él estaba allí tendido —repuso José.

—Pues sí —respondió la mujer—. ¿Por qué no?

—Habéis nacido para hacer fortuna —replicó José—, y la haréis, sin duda.

—Desde luego, no detendré mi mano, si puede coger algo con solo extenderla, por consideración a un hombre como ese, os lo prometo, José —replicó la mujer con naturalidad—. No vayáis a derramar el aceite sobre esas mantas ahora.

—¿Sus mantas? —preguntó José.

—¿De quién van a ser? —contestó la mujer—. No creo que vaya a pasar frío sin ellas, digo yo.

—Me figuro que no habrá muerto de nada contagioso,¿eh? —dijo el viejo José, deteniéndose en su tarea y alzando los ojos.

—De eso no tengáis miedo —respondió la mujer—. No le tengo tanto cariño a su compañía como para andar a su alrededor en busca de estas cosas, si así fuese. ¡Ah! Podéis mirar esa camisa hasta que os duelan los ojos; pero no encontraréis ni un agujero, ni un sitio raído. Es la mejor que tenía, y muy buena por cierto. A no ser por mí, la hubieran desperdiciado.

–¿A que llamáis desperdiciar?... –preguntó el viejo José.

–Pues a ponérsela para enterrarle –contestó la mujer, riéndose–. Hubo un estúpido que se la puso; pero yo se la quité otra vez. Si para eso no sirve el percal, no sirve para nada. Es lo que le corresponde a un cadáver. No podía estar más feo de lo que estaba con esto.

Scrooge escuchó este diálogo con horror.

Sentados en torno a sus despojos, a la escasa luz que difundía la lámpara del viejo, los contempló con espanto y repugnancia que no hubiera sido mayor ni aunque fueran impúdicos demonios comerciando con el cadáver.

–¡Ja, ja! –dijo la misma mujer, cuando el viejo, sacando una bolsa de franela con dinero, decidió cuáles habían de ser sus diversas ganancias–. ¡Ya veis en lo que acaba todo! Ahuyentó a todos de su lado en vida para que nosotros nos aprovechemos después de muerto. ¡Ja, ja, ja!...

–¡Espíritu –dijo Scrooge, temblando de pies a cabeza–, comprendo, comprendo! Lo que le sucede a ese desgraciado pudiera sucederme a mí. Mi vida tiende ahora a esos caminos. Pero, ¡Dios misericordioso!, ¿qué es esto?

Retrocedió aterrado, porque la escena había cambiado, y ahora casi tocaba con su cuerpo una cama –una cama desnuda, sin cortinajes–, sobre la cual, bajo una sábana andrajosa, yacía algo oculto que, a pesar de su mudez, se revelaba por sí solo en horrible lenguaje.

La habitación estaba muy oscura, demasiado para poder examinarla con exactitud, aunque Scrooge la recorrió con la mirada, obedeciendo a un secreto impulso, anhelante por saber qué clase de habitación era aquella. Una pálida luz, que procedía del exterior, caía directamente sobre el lecho, y en este, robado y despojado, sin nadie que le velase, sin llantos y sin cuidados de nadie, yacía el cadáver de aquel hombre.

Scrooge miró al fantasma. Su mano firme señalaba a la cabeza del muerto. La mortaja estaba tan descuidadamente colocada, que sólo con levantarla, con el simple movimiento de un dedo de Scrooge, hubiera dejado el rostro al descubierto. Así lo pensó, comprendió lo fácil que sería y sintió deseos de hacerlo; pero las mismas fuerzas tenía para retirar aquel velo que para despedir al espectro de su lado.

¡Oh fría, helada, rígida y espantosa muerte! ¡Eleva aquí tu altar y revístelo con esos terrores que tienes a tu disposición, pues que estos son tus dominios! Pero de las cabezas amadas, envueltas en respeto y admiración, no puedes arrancar ni un solo cabello, para tus horrorosos fines ni hacer odioso un solo rasgo. Y no importa que la mano pese y se desplome al soltarla, ni que estén quietos el corazón y el pulso, sino que la mano estuvo abierta y fue sincera y generosa, y valeroso, cálido y tierno el corazón, y el pulso el de un hombre. ¡Golpea, sombra, golpea, y verás cómo las buenas acciones surgen de la herida para sembrar el mundo de vida inmortal!

Nadie pronunció estas palabras en los oídos de Scrooge, y, sin embargo, las oyó al mirar hacia el lecho. Pensó: «Si este hombre pudiera levantarse ahora, ¿cuáles serían sus primeros pensamientos? ¿ La avaricia, los malos tratos, las opresoras preocupaciones ?» ¡En verdad, habíanle conducido a un bonito final!

Yacía en una casa solitaria y oscura, sin que nadie, hombre, mujer o niño, le dijese: has sido bueno para mí de este o de aquel modo, y en recuerdo de una palabra cariñosa, yo seré cariñoso contigo. Arañaba un gato en la puerta y se oía el roer de las ratas bajo la piedra del hogar. Scrooge no se atrevió a pensar qué era lo que buscaban estos animales en la habitación mortuoria ni por qué estaban tan inquietos y agitados.

–Espíritu –dijo–, me da miedo este lugar. Confiad en que, cuando lo abandone, no me olvidaré nunca de su lección ¡Vámonos!

El fantasma seguía señalándole con el dedo la cabeza del cadáver.

–Ya os entiendo –anadió Scrooge–. Y lo haría si pudiese. Pero no tengo fuerzas, espíritu; no tengo fuerzas.

De nuevo pareció mirarle.

–Si alguna persona hay en la ciudad que sienta emoción por la muerte de este hombre –dijo Scrooge, angustiado–, enseñádmela, espíritu, ¡os lo suplico!

El fantasma extendió sus oscuras vestiduras ante él un instante, como unas alas, y, al retirarla, le mostró un aposento iluminado por la luz del día, en donde había una madre con sus hijos.

Esperaba a alguien con verdadera ansiedad, pues recorría la estancia de un lado a otro, se estremecía al menor ruido, miraba por la ventana, consultaba el reloj, intentaba, aunque inútilmente, continuar con su labor de aguja y apenas sí podía soportar la voz de los chiquillos en sus juegos.

Al cabo, se oyó la llamada tanto tiempo esperada. Corrió ella hacia la puerta y salió al encuentro de su marido, un hombre de rostro preocupado y abatido, a pesar de ser joven. Más ahora observábase en él una notable expresión, una especie de triste placer, del que se sentía avergonzado, luchando por reprimirlo.

Se sentó ante la cena, que le esperaba junto al fuego, y cuando ella le preguntó con voz débil qué noticias tenía –lo que no hizo hasta después de un largo silencio–, pareció aturdido, sin saber qué contestar.

–¿Son buenas o malas? –le preguntó ella para ayudarle.

–Malas –contestó él.

–¿Estamos completamente arruinados?

–No; todavía queda una esperanza, Catalina.

–Si *él* cede –dijo ella, asombrada–. ¡Aún queda! Si ese milagro ha sucedido, no se ha perdido la esperanza.

–Ha hecho más que ceder –contestó su marido–. Se ha muerto.

Si la cara es el espejo del alma, aquella mujer era una dulce y paciente criatura; pero, al oírlo, en lo más íntimo de su ser dio las gracias, y así lo expresó, juntando las manos. Un instante después pedía perdón, pesarosa; pero primero fue el impulso de su corazón.

–Lo que anoche me dijo aquella mujer medio borracha cuando inteté verle para conseguir una prorroga de una semana, y lo que yo creí una simple excusa para eludirme, resultó absolutamente cierto. En ese momento, no sólo estaba muy enfermo sino agonizando.

–¿Y a quién se habrá de traspasar nuestra deuda?

–No lo sé; pero antes que llegue ese momento tendremos el dinero dispuesto, y aunque no lo tuviésemos, sería muy mala suerte que tropezásemos con un acreedor tan despiadado como sucesor suyo. ¡Esta noche podemos dormir más tranquilos, Catalina!

Sí; aliviado su corazón, su tranquilidad sería mayor. Los rostros de los chiquillos, que guardaron silencio y se congregaron para escuchar lo que apenas sí entendían, se mostraban más radiantes y la casa toda se sentía más feliz con la muerte de aquel hombre. La única emoción que el fantasma pudo mostrarle, producida por este acontecimiento, era de placer.

—Permitidme ver alguna ternura relacionada con la muerte —dijo Scrooge—; de lo contrario, espíritu, ese aposento que acabamos de abandonar vivirá eternamente en mi memoria.

El fantasma le condujo a través de varias calles conocidas para sus pies, y a medida que avanzaba, Scrooge miraba acá y acullá para encontrarse; mas no se veía por ninguna parte. Penetraron en casa del pobre Bob Cratchit —la morada que antes visitaran— y hallaron a la madre y a los hijos sentados en torno a la lumbre.

Callados, muy callados. Los escandalosos Cratchits pequeños permanecían inmóviles como estatuas en un rincón, mirando a Pedro, que tenía un libro ante sí. La madre y las hijas cosían. Pero, desde luego, guardaban silencio.

—«Y él tomó a un niño y lo colocó en medio de los demás».

¿Dónde había oído Scrooge estas palabras? ¿No las había soñado? El muchacho debió de haberlas leído en voz alta a tiempo que el espíritu y él traspasaban el umbral. ¿Por qué no proseguía?

Dejó la madre su labor sobre la mesa y se cubrió la cara con la mano.

—El color me hiere la vista —dijo ella.

¿El color? ¡Ah pobre Timoteíto!

—Ahora ya están mejor otra vez —dijo la mujer de Cratchit. La luz de la vela les sienta mal, y por nada del mundo quisiera que cuando vuelva vuestro padre me notase los ojos malos. Ya debe de ser su hora.

—Pasada —contestó Pedro, cerrando el libro—. Pero me parece que ha venido un poco más despacio de lo que acostumbra en estas últimas noches, madre.

Quedáronse en silencio de nuevo. Por fin, ella dijo con voz firme, animosa, que sólo vaciló una vez:

—Yo le he visto andar con..., yo le he visto andar con Timoteíto en los hombros muy de prisa.

—Y yo también —dijo Pedro—. Muchas veces.

—Y yo —exclamó otro. Y todos.

—Pero pesaba muy poco —prosiguió ella, atenta a su labor—, y su padre le quería tanto, que no le molestaba..., no le molestaba. ¡Ahí está vuestro padre en la puerta!

Corrió a su encuentro y entró el pequeño Bob con su bufanda, que bien la necesitaba el pobre. Sobre la repisa del interior del hogar tenía preparado el té, y todos se dispusieron a servírselo. Luego, los dos Cratchits pequeños se le subieron a las rodillas y colocaron cada uno su mejilla apoyada contra el rostro de su padre, como diciéndole: «No te apures, padre. ¡No te dé pena!».

Bob se mostró alegre con ellos y habló con agrado a toda la familia. Contempló la labor que había sobre la mesa y elogió la laboriosidad y rapidez de la señora Cratchit y sus hijas. Estaría terminada mucho antes del domingo, dijo.

—¿Del domingo? entonces, ¿has ido hoy, Roberto? —dijo su esposa.

—Sí, querida —contestó Bob—. Me hubiera gustado que hubieses venido. Te habrías alegrado al ver qué sitio tan verde es aquel. Pero lo verás con frecuencia. Le prometí ir un domingo. ¡Hijito mío! —exclamó Bob—. ¡Hijito mío!

Todos se echaron a llorar a un tiempo. No lo pudo remediar. Si hubiera podido remediarlo, él y su hijo habrían estado más separados quizá de lo que estaban.

Salió del aposento y subió a la habitación que estaba alegremente iluminada y adornada con tarjetas de Navidad. Había una silla colocada muy cerca del niño y señales de que alguien había estado allí últimamente. El pobre Bob se sentó en ella y después de pensar un poco, se tranquilizó y beso la carita. Se había resignado con lo sucedido, y de nuevo bajo dichoso.

Se agruparon alrededor de la lumbre y hablaron, las niñas y la madre sin dejar su labor. Bob les habló de la extraordinaria bondad del sobrino del señor Scrooge, a quien apenas había visto una vez y que, al encontrársele en la calle aquel día y verle un poco –«sólo un poco abatido, ¿comprendes?», dijo Bob–, le preguntó qué es lo que le había ocurrido para sentirse apenado. «En vista de eso –añadió Bob–, porque es el caballero más atento que hayáis visto». «Lo siento muchísimo, señor Cratchit –me dijo–, y también por vuestra noble esposa». A propósito: no comprendo cómo *lo* ha sabido.

–¿El qué?

–Pues que tú eras una noble esposa –contestó Bob.

–¡Eso lo sabe todo el mundo! –exclamó Pedro.

–¡Muy bien observado, hijo mío! –dijo Bob–. Así creo. «Lo siento muchísimo –me dijo– por vuestra noble esposa. Si puedo seros útil en algo –añadió, dándome su tarjeta–, ahí tenéis mis señas. Venid a verme, por favor». Y no es por lo que pudiera hacer por nosotros –agregó Bob–, tanto como por su amable actitud, por lo que me resultó francamente encantador. Verdaderamente se diría que hubiese conocido a nuestro Timoteíto y lo sintiera con nosotros.

–¡Es una buena persona, estoy segura!– dijo la señora Cratchit.

–Más lo estarías, querida –contestó Bob– si le vieses y hablases con él. No me extrañaría nada, ¡fíjate en lo que te digo!, que nos proporcionase un empleo mejor para Pedro.

–¡Qué gusto me da oírlo, Pedro! –dijo la señora Cratchit.

—Y luego —dijo una de las hijas—, Pedro formará compañía con alguien y se establecerá por su cuenta.

—¡Quita de ahí! —replicó Pedro, sonriendo.

—Lo mismo puede ser que sí como que no —dijo Bob—. El mejor día, aunque para eso hay mucho tiempo, querida. Pero sea como fuere y cuando quiera que nos separemos, estoy seguro de que ninguno de nosotros se olvidará del pobre Timoteíto, ¿Verdad que no?, ni de esta primera despedida que hubo entre nosotros.

—¡Nunca, padre! —exclamaron todos.

—Y sé también —prosiguió Bob—, sé también, queridos míos, que cuando recordemos lo paciente y lo dulce que era, a pesar de no ser más que un niño pequeñín, no reñiremos con facilidad entre nosotros ni nos olvidaremos al hacerlo del pobre Timoteíto.

—¡Nunca, padre! —exclamaron todos de nuevo.

—Me siento muy dichoso —murmuró Bob—. ¡Muy dichoso!

Le besó la señora Cratchit, le besaron sus hijas, las dos jóvenes Cratchits le besaron, y Pedro y él se estrecharon las manos. ¡Espíritu de Timoteíto, tu esencia infantil procedía de Dios!

—Espectro —dijo Scrooge—, algo me dice que la hora de nuestra separación se acerca. Lo presiento, aunque no sé cómo. Decidme: ¿quién era ese hombre que vimos muerto?

El fantasma de la Navidad por venir le trasladó, lo mismo que antes –aunque en distinta época, le pareció, porque, en efecto, no parecía existir orden ninguno de estas últimas visiones, salvo que ocurrían en el futuro– a los lugares donde se reunían los hombres de negocios, pero no le enseñó a su propia persona. Verdaderamente, el espíritu no se detenía por nada, sino que continuaba adelante, de acuerdo con el propósito que acababa de expresar, hasta que el propio Scrooge le suplicó se detuviese un momento.

–Esta plazoleta –dijo Scrooge– que ahora atravesamos a toda prisa, es el sitio donde esta mi lugar de trabajo, y lo ha sido durante mucho tiempo. Ya veo la casa. ¡Hacedme ver lo que seré en los días futuros!

Se detuvo el espíritu; con la mano señalaba a otros sitios.

–La casa es aquella –exclamó Scrooge–. ¿Por qué señaláis a otra parte?

El dedo inexorable no experimentó ninguna modificación.

Corrió Scrooge hasta la ventana de su despacho y por ella se asomó. Era una tranquila oficina, pero no la suya. Los muebles tampoco eran los mismos y la persona que se hallaba en la silla no era él. El fantasma seguía señalando como antes.

Se le unió de nuevo y preguntándose por qué y adónde se habría marchado él, le acompañó hasta llegar ante una verja de hierro. Hizo un alto para mirar en derredor suyo antes de entrar.

Era un cementerio. Aquí, pues, yacía bajo la tierra aquel mísero hombre cuyo nombre aún le quedaba por saber. El lugar era digno de él. Circundado por casas, cubierto de hierba y maleza, vegetación de muerte y no de vida, atestado de cadáveres, saciado su apetito. ¡Un digno lugar!

El espíritu se colocó entre las tumbas y señaló hacia una. Scrooge avanzó tembloroso hasta ella. El fantasma seguía exactamente igual que antes, mas él temía ver un nuevo significado en su forma solemne.

–Antes de acercarme a esa losa a la que señaláis –dijo Scrooge–, contestadme a una pregunta: ¿Son estas las sombras de las cosas que han de ser o sólo de las cosas que pueden ser?

Aún seguía señalando el fantasma hacia abajo, hacia la tumba junto a la que se hallaba.

–Los caminos de los hombres apuntan a ciertos fines a los que, si perseveran en ellos, habrán de conducirlos —dijo Scrooge—. Pero si se han apartado de esos senderos, el final será otro. ¡Decidme que así sucede con lo que me habéis mostrado!

El espíritu continuó inmóvil, como siempre.

Scrooge se arrastró hacia él, temblando al acercarse, y siguiendo la dirección del dedo, leyó sobre la tumba abandonada su propio nombre: EBENEZER SCROOGE.

–¿Soy yo ese hombre que yace sobre el lecho? –exclamó, arrodillándose.

El dedo que señalaba a la tumba le señaló a él y luego pasó de él a la tumba.

–¡No, espíritu! ¡Oh, no, no!

El dedo continuaba apuntando hacia el mismo sitio.

–¡Espíritu! –exclamó, aferrándose fuertemente a sus vestiduras–. ¡Escuchadme! Yo no soy el mismo. Ya no soy el hombre que hubiera sido a no ser por este trato con vos. ¿Por qué me mostráis esto, si se ha perdido toda esperanza para mí?

Por primera vez pareció temblar la mano.

–Buen espíritu –prosiguió, cayendo prosternado en tierra ante él–, vuestra naturaleza intercede por mí y me compadece. ¡Aseguradme que todavía puedo cambiar esas sombras que me habéis enseñado, modificando mi vida!

La bondadosa mano tembló.

–Honraré la Navidad dentro de mi corazón, y procuraré guardarla todo el año. Viviré en el pasado, en el presente y en futuro. Los espíritus de los tres lucharán dentro de mí. No olvidaré las lecciones que me eseñaron. ¡Oh, decidme que puedo borrar lo que está inscrito sobre esa piedra!

En su angustia, asió la mano espectral. Esta trató de soltarse, pero se mostró fuerte en su súplica, y la retuvo. Sin embargo, el espíritu, más fuerte que él, le rechazó.

Alzando sus manos, en un último ruego para que modificase su destino, vio que la capucha y la vestidura del fantasma se transformaban. Se encogían, se derrumbaban, hasta quedar reducidas a la columna de una cama.

Quinta estrofa

EL FINAL DE ESTA HISTORIA

¡SÍ! Y la columna de la cama era suya. Suyo era el lecho, y suya la habitación. ¡Y lo mejor y más venturoso de todo era que el tiempo que le quedaba por delante era suyo y en él podía enmendar sus errores!

–Viviré en el pasado, en el presente y en el futuro – repitió Scrooge–, saltando de la cama. ¡Los espíritus de los tres se esforzarán dentro de mí! ¡Oh Jacobo Marley! ¡Alabado sea Dios y la Navidad por esto! ¡De rodillas lo digo, Jacobo, de rodillas!

Tan agitado y resplandeciente estaba con sus buenas intenciones, que su voz quebrada apenas respondía a su llamada. En su lucha con el espíritu había sollozado con violencia y tenía el rostro empapado en lágrimas.

–¡No las han arrancado! –exclamó Scrooge, estrechando entre sus brazos una de las cortinas de la cama–, ¡no las han arrancado con anillas y todo! Están aquí.... Y yo estoy aquí... Pueden disiparse las sombras de las cosas que pudieran haber sido. Y se disiparán. ¡Estoy seguro!

Sus manos manoseaban sin cesar las ropas, volviéndolas del revés, poniendo lo de arriba abajo, desgarrándolas, colocándolas mal, haciéndolas objeto de toda clase de extravagancias.

—¡No sé qué hacer! —exclamó Scrooge, riendo y llorando al tiempo y convirtiéndose, con sus medias, en un perfecto Laocoonte—. Me siento ligero como una pluma, dichoso como un ángel, alegre como un escolar, aturdido como un borracho. ¡Feliz Navidad a todos! ¡Hip! ¡Viva!

Había llegado saltando hasta la sala y allí se hallaba ahora sin resuello.

— ¡Aquí está la cacerola donde estaban las gachas! —exclamó Scrooge, comenzando de nuevo a saltar y danzar alrededor de la chimenea—. ¡Esta es la puerta por donde entró el fantasma de Jacobo Marley!

Ese es el rincón donde se sentó el espectro de la Navidad presente! ¡Esa es la ventana desde donde vi a los espíritus errantes! ¡Todo está en orden, todo es cierto, todo ha sucedido ! ¡Ja, ja, ja!

En realidad para un hombre que había dejado de practicarla hacía tantos años, aquello resultaba una risa espléndida, una magnífica carcajada. ¡La madre de una larga, larguísima descendencia de brillantes risas!

—¡No sé en qué día estamos! —dijo Scrooge—. No sé el tiempo que he permanecido entre los espíritus. No sé nada. Soy un niño enteramente. No importa. No me preocupa. Preferiría ser un niño. ¡Eh! ¡Hip! ¡Viva!

Le contuvieron en sus transportes las campanas de las iglesias, que lanzaron sus más sonoros repiques. ¡Talán, talán! ¡Tolón, tolón! ¡Talán, talán! —¡Oh, magnífico, magnífico!—.

Corrió hacia la ventana; la abrió y asomó la cabeza. Ni niebla ni bruma. ¡Un frío claro, luminoso, jovial, animoso; un frío armonioso que hace bailar la sangre; un sol de oro; un cielo divino; un aire fresco y suave; las alegres campanas! ¡Oh, magnífico, magnífico!

—¿Qué día es hoy? —gritó Scrooge, llamando a un muchacho vestido de domingo, que quizá se había detenido a mirar en derredor suyo.

—¿Eh? —contestó el mozo lleno de asombro.

—¿Qué día es hoy, mi buen amigo? —repitió Scrooge.

—¿Hoy —contestó el muchacho—. ¡Pues el día de Navidad!

—¡El día de Navidad! —se dijo Scrooge—. No me lo he perdido. Los espíritus lo han hecho todo en una noche. Pueden hacer cuanto quieren. Claro que sí. Claro que sí. ¡Hola, muchacho!

—¡Hola! —le contestó.

—¿Sabes dónde está la pollería que hay en la segunda calle? —preguntó Scrooge.

—Pues creo que sí —contestó el mozalbete.

—¡Eres un chico inteligente! —dijo Scrooge—. ¡Un mu-chacho notable! ¿Sabes si han vendido el magnífico pavo que tenían allí colgado? No el pequeño, el grande.

—¿Cuál? ¿El qué era tan grande como yo? —respondió el muchacho.

—¡Qué chico tan estupendo! —dijo Scrooge—. Da gusto hablar con él. ¡Sí, amigo!

—Allí sigue colgado —repuso el muchacho.

—¿Sí? —dijo Scrooge—. Ve y cómpralo.

—¡Qué bromista! —exclamó el mozo.

—No, no —insistió Scrooge—. Lo digo en serio. Ve, cóm-pralo y di que me lo traigan aquí, que yo les daré las se-ñas adonde tienen que llevarlo. Vuelve con el mozo y te daré un chelín. ¡Si vuelves con él antes de cinco minutos, te daré media corona!

El muchacho salió disparado como una bala. Muy fir-me habría de tener la mano en el gatillo aquel que pudie-ra lanzar una bala con la mitad de la velocidad con que corrió.

—¡Se lo voy a mandar a Bob Cratchit —murmuró Scroo-ge, frotándose las manos y rompiendo a reír—. No sabrá quién se lo envía. Es el doble de grande que Timoteín. ¡Jo-sé Miller no ha gastado nunca una broma como esta de mandarle un pavo a Bob!

La mano con que escribió las señas no estaba muy firme, pero el caso es que las escribió y bajó las escaleras para abrir la puerta tan pronto como llegara el mozo de la pollería. Mientras allí estaba, esperando su llegada, atrajo su mirada al aldabón.

—¡Lo querré mientras viva! —exclamó Scrooge, acariciándolo con la mano—. Antes, apenas sí me había fijado en él. ¡Que honrada expresión tiene su rostro! ¡Es un aldabón maravilloso!... ¡Aquí está el pavo! ¡Eh! ¡Hip! ¿Cómo estás? ¡Feliz Navidad!

¡Vaya un pavo! No hubiera podido sostenerse sobre las patas aquel ave. Se le hubieran chascado en un minuto, como barras de lacre. Pero es imposible que lo lleves hasta Candem Town —dijo Scrooge—. Tienes que tomar un coche.

La risa con que dijo esto, la risa con que pagó el pavo, la risa con que le dio el dinero para el coche y la risa con que añadió una gratificación para el muchacho, sólo pudo superarlas la risa con que se sentó de nuevo en la silla, casi sin aliento y siguió riendo hasta llorar.

El afeitarse no era cosa fácil, porque su mano continuaba harto temblona y el afeitado requiere atención, aunque no se baile mientras tanto. Pero si se hubiese cortado la punta de la nariz, se habría pegado un trozo de tafetán y se hubiera quedado tan satisfecho.

Se vistió con sus mejores galas y salió a la calle. La gente se desparramaba a la sazón como antes la había visto cuando iba con el espectro de la Navidad presente.

Andando con las manos a la espalda, Scrooge contemplaba a todo el mundo con amable sonrisa. En una palabra: tenía un aspecto tan irresistiblemente agradable, que tres o cuatro individuos de buen humor le dijeron al pasar: «¡Buenos días, caballero! ¡Feliz Navidad!». Y Scrooge confesó muchas veces después, que de todos los alegres sonidos que escuchara, aquellos eran los que mejor sonaron en sus oídos.

No se había alejado mucho, cuando vio venir hacia él a un caballero de majestuoso porte que había entrado en su despacho el día antes, diciendo: «Según creo, es aquí

Scrooge y Marley». Le dio un vuelco el corazón al pensar en cómo le miraría este caballero anciano cuando se encontraran; pero ya sabía cuál era el camino recto que se tendía ante él, y lo tomó.

—Muy señor mío —dijo Scrooge, acelerando el paso y estrechándole ambas manos al caballero—. ¿Cómo estáis? Espero que ayer hayáis tenido éxito. Sois muy amable. ¡Feliz Navidad, caballero!

—¿El señor Scrooge?

—Sí —contestó este—. Ese es mi nombre, y temo que no os sea agradable. Permitidme que os pida perdón. ¿Tendríais la bondad de...? —aquí Scrooge le habló al oído.

—¡Válgame Dios! —exclamó el caballero como si se hubiera quedado sin aliento—. Mi querido señor Scrooge, ¿habláis en serio?

—Si os parece —dijo Scrooge—. Ni un cuarto de penique menos. Os aseguro que ahí van incluidas muchas deudas atrasadas. ¿Me haréis ese favor?

—Señor mío —repuso el otro estrechándole la mano—. No sé qué decir ante tanta munifi...

—No digáis nada, por favor —replicó Scrooge—. Venid a verme. ¿Me vendréis a ver?

—¡Vendré! —exclamó el anciano. Y evidentemente pensaba hacerlo.

—Gracias —dijo Scrooge—. Os lo agradezco mucho. Un millón de gracias. ¡Id con Dios!

Estuvo en la iglesia, paseó por las calles, contempló a la gente que corría de un lado para otro, acarició a los chiquillos en la cabeza, interrogó a los mendigos, se asomó a las cocinas de las casas, alzó sus ojos a las ventanas y advirtió que todo le proporcionaba placer. Jamás se había imaginado que un paseo, nada, pudiera causarle tanta felicidad. Por la tarde, encaminó sus pasos a casa de su sobrino.

Pasó ante la puerta una docena de veces sin atreverse a subir y llamar. Por fin, de un impulso, se lanzó a hacerlo.

–¿Está en casa vuestro amo, querida? –preguntó Scrooge a la criada–. ¡Simpática muchacha! Mucho.

–Sí, señor.

–¿Dónde está, cariño? –dijo el señor Scrooge.

–En el comedor, señor, con la señora. Si hacéis el favor, os llevaré arriba.

–Gracias, ya me conoce –dijo Scrooge con la mano puesta ya en el picaporte del comedor–. Yo entraré, querida.

Abrió despacio y asomó la cara por la puerta. Estaban examinando la mesa –puesta con gran aparato–; y es que los jóvenes amos de casa siempre se preocupan por estas cosas, y les gusta cuidar de que todo esté en orden.

–¡Fred! –dijo Scrooge.

¡Ay corazón! ¡ Cómo se asustó su sobrina política! Scrooge, en aquel momento, se había olvidado de que se sentaba en el rincón con su taburete, de lo contrario, no lo hubiera hecho de ninguna manera.

–Pero...¡cómo! –exclamó Fred–. ¿Quién es?

–Soy yo. Tu tío Scrooge. He venido a cenar? ¿Me permites entrar, Fred?

¡Permitirle entrar! Fue una suerte que no le arrancara el brazo. A los cinco minutos, estaba como en su casa. No podía haber nada más cordial. Su sobrino se mostró lo mismo. E igualmente Topper cuando llegó. Y la hermana rolliza, al entrar. Y todos cuantos estuvieron allí. ¡Admirable reunión, maravillosos juegos, asombrosa unanimidad, magnífica dicha!

Pero a la mañana siguiente, muy temprano, ya estaba en la oficina. ¡Oh, muy temprano! ¡Si pudiera llegar él primero para coger a Bob Cratchit cuando fuese tarde! En esto tenía puesto todo su interés.

¡Y lo consiguió; ya lo creo que sí! Sonaron las nueve en el reloj, y Bob no apareció. Las nueve y cuarto: Bob no llegaba. Ya llevaba dieciocho minutos y medio de retraso. Scrooge se había sentado con la puerta abierta de par en par, para poder verle llegar a su cuchitril.

Antes de abrir la puerta, se había quitado el sombrero y también la bufanda. Se subió a la banqueta en un periquete y comenzó a escribir a toda prisa, como si quisiera adelantar a las nueve.

–¡Hola! –gruñó Scrooge, fingiendo en cuanto pudo su acostumbrada voz–. ¿Qué es eso de venir a esta hora?

–Lo siento mucho, señor –repuso Bob–. He llegado tarde.

–¿Tarde? –repitió Scrooge–. Sí; eso me parece. Acercaos aquí, caballero, por favor.

–Es sólo una vez al año, señor –suplicó Bob saliendo de su cubil–. No se repetirá. Ayer me estuve divirtiendo un poco, señor.

–Pues voy a deciros una cosa, amigo mío –dijo Scrooge–. No estoy dispuesto a consentir esto por más tiempo. Y, por tanto –añadió, saltando de su banqueta y dándole a Bob tal empellón en la cintura que este retrocedió vacilante hasta su cuchitril–, y, por tanto, ¡voy a subiros el sueldo!

Bob tembló y se acercó más a la regla. Tuvo la fugaz intención de derribar a Scrooge con ella, sujetarle, y llamar a la gente de la plazuela pidiendo auxilio y una camisa de fuerza.

—¡Feliz Navidad, Bob! —dijo Scrooge con tal sinceridad que no admitía dudas, mientras le daba unas palmadas en la espalda—. ¡Más felices, mi buen amigo Bob, que las que he dado hace muchísimos años!

¡Os subiré el sueldo y trataré de ayudar a vuestra esforzada familia, y hablaremos de vuestras cosas esta misma tarde ante un tazón de ponche humeante, Bob! ¡Y antes de hacer una *í* más, Bob Cratchit, encended las chimeneas y comprad otro cubo para el carbón!

Scrooge fue aún más allá en su palabra. Lo hizo todo e infinitamente más; y fue un segundo padre para Timoteíto, que no murió. Se hizo tan buen amigo, tan buen amo, tan buena persona como el mejor que se conociera en la vieja ciudad, en otra cualquiera, en pueblo o aldea del nuevo y viejo mundo. Algunos se reían al verle tan cambiado; pero él los dejaba reír y no les hacía caso, pues era lo bastante prudente para saber que jamás ocurrió nada bueno en este mundo de lo que al principio no hubieran de reírse las gentes; y comprendiendo que estos habían de estar ciegos, pensó que lo mismo era que arrugasen los ojos, haciendo muecas, como que sufriesen la enfermedad en forma menos atractiva. También su alma se reía, y eso le bastaba.

No volvió a tener trato con los espíritus; pero desde entonces vivió siempre de acuerdo con los principios de abstinencia total; y siempre se dijo que si alguien sabía celebrar bien la Navidad ese era él. ¡Ojalá se diga lo mismo, con verdad, de nosotros, de todos nosotros! Y así, como observó Timoteíto, ¡que Dios nos bendiga a todos!

CHARLES DICKENS
(1812 - 1870)

ESCRITOR inglés, nace en Portsea, Landport. Su nombre completo es Charles John Huffam Dickens. Al igual que William Makepeace Thackeray, representa a través de sus escritos los valores éticos y morales de la época victoriana. El deseo de conservar las tradiciones, reflejado en una posición política conservadora y en la búsqueda de una estabilidad social y económica que legitimen las instituciones que ostentan el poder, y el hecho de haber nacido en medio de privaciones económicas, determina los temas de su obra, en la que expresa con humor y picardía la condición del pobre y del desposeído. Combina su actividad literaria con la periodística. Reportero de diarios como *The Mirror of Parliament, The True Sun* y *The Morning Chronicle*. Con la publicación de sus primeras historias establece su fama como escritor, y ejerce una labor pedagógica que mueve a la sociedad a percatarse de las necesidades de sus miembros menos favorecidos, propiciando un mejoramiento en los servicios de las entidades de beneficencia y el aumento en las donaciones para estas instituciones. Sus cuentos *Oliver Twist*, *David Copperfield* e *Historia de dos ciudades* son el mejor testimonio de la sociedad Victoriana. Retrata la vida cotidiana del pueblo, representada casi siempre en la figura infantil. El elemento humorístico alivia la miseria y la desolación de sus vidas. Otras de sus obras son *Las grandes esperanzas de Pip*, *Papeles póstumos del Club Pickwick*, *La casa lúgubre*, *La tienda de antigüedades*, *Canción de Navidad*, *La pequeña Dorrit* y *Tiempos difíciles*. Deja inconclusa la novela policíaca *Edwin Drood*. Muere en Gadshill, Rochester.